COLLECTION POÉSIE

FRANCIS PONGE

La rage
de l'expression

nrf

GALLIMARD

BERGES DE LA LOIRE

BERGES DE LA LOIRE

Roanne, le 24 mai 1941.

Que rien désormais ne me fasse revenir de ma détermination : ne sacrifier jamais l'objet de mon étude à la mise en valeur de quelque trouvaille verbale que j'aurai faite à son propos, ni à l'arrangement en poème de plusieurs de ces trouvailles.

En revenir toujours à l'objet lui-même, à ce qu'il a de brut, de *différent :* différent en particulier de ce que j'ai déjà (à ce moment) écrit de lui.

Que mon travail soit celui d'une rectification continuelle de mon expression (sans souci *a priori* de la forme de cette expression) en faveur de l'objet brut.

Ainsi, écrivant *sur* la Loire d'un endroit des berges de ce fleuve, devrai-je y replonger sans cesse mon regard, mon esprit. Chaque fois qu'il aura *séché* sur une expression, le replonger dans l'eau du fleuve.

Reconnaître le plus grand droit de l'objet, son droit imprescriptible, opposable à tout poème... Aucun poème n'étant jamais sans appel *a minima* de la part de l'objet du poème, ni sans plainte en contrefaçon.

L'objet est toujours plus important, plus intéressant, plus capable (plein de droits) : il n'a aucun devoir vis-à-vis de moi, c'est moi qui ai tous les devoirs à son égard.

Ce que les lignes précédentes ne disent pas assez : *en conséquence*, ne jamais m'arrêter à la forme *poétique* — celle-ci *devant* pourtant être utilisée à un moment de mon étude parce qu'elle dispose un jeu de miroirs qui peut faire apparaître certains aspects demeurés obscurs de l'objet. L'entrechoc des mots, les analogies verbales sont *un* des moyens de scruter l'objet.

Ne jamais essayer d'*arranger les choses*. Les choses et les poèmes sont inconciliables.

Il s'agit de savoir si l'on veut faire

un poème ou rendre compte d'une chose (dans l'espoir que l'esprit y gagne, fasse à son propos quelque pas nouveau).

C'est le second terme de l'alternative que mon goût (un goût violent des choses, et des progrès de l'esprit) sans hésitation me fait choisir.

Ma détermination est donc prise...

Peu m'importe après cela que l'on veuille nommer poème ce qui va en résulter. Quant à moi, le moindre soupçon de ronron poétique m'avertit seulement que je rentre dans le manège, et provoque mon coup de reins pour en sortir.

LA GUÊPE

À Jean-Paul Sartre
et Simone de Beauvoir.

LA GUÊPE

Hyménoptère au vol félin, souple, — d'ailleurs d'apparence tigrée —, dont le corps est beaucoup plus lourd que celui du moustique et les ailes pourtant relativement plus petites mais vibrantes et sans doute très démultipliées, la guêpe vibre à chaque instant des vibrations nécessaires à la mouche dans une position ultracritique (pour se défaire du miel ou du papier tue-mouches, par exemple).

Elle semble vivre dans un état de crise continue qui la rend dangereuse. Une sorte de frénésie ou de forcènerie — qui la rend aussi brillante, bourdonnante, musicale qu'une corde fort tendue, fort vibrante et dès lors brûlante ou piquante, ce qui rend son contact dangereux.

Elle pompe avec ferveur et coups de reins. Dans la prune violette ou kaki, c'est riche à voir : vraiment un petit appareil extirpeur particulièrement perfectionné, au point. Aussi n'est-ce pas le point formateur du rayon d'or qui mûrit, mais le point formateur du rayon (d'or et d'ombre) qui emporte le résultat du mûrissement.

Miellée, soleilleuse; transporteuse de miel, de sucre, de sirop; hypocrite et hydromélique. La guêpe sur le bord de l'assiette ou de la tasse mal rincée (ou du pot de confiture) : une attirance irrésistible. Quelle ténacité dans le désir! Comme elles sont faites l'une pour l'autre! Une véritable aimantation au sucre.

*

Analogie de la guêpe et du tramway électrique. Quelque chose de muet au repos et de chanteur en action. Quelque chose aussi d'un train court, avec premières et secondes, ou plutôt motrice et baladeuse. Et trolley grésilleur. Grésillante comme une friture, une chimie (effervescente).

Et si ça touche, ça pique. Autre chose qu'un choc mécanique : un contact électrique, une vibration venimeuse.

Mais son corps est plus mou — c'est-à-dire en somme plus finement articulé — son vol plus capricieux, imprévu, dangereux que la marche rectiligne des tramways déterminée par les rails.

*

Un petit siphon ambulant, un petit alambic à roues et à ailes comme celui qui se déplace de ferme en ferme dans les campagnes en certaines saisons, une petite cuisine volante, une petite voiture de l'assainissement public : la guêpe ressemble en somme à ces véhicules qui se nourrissent eux-mêmes et fabriquent en route quelque chose, si bien que leur apparition comporte un élément certain de merveilleux, parce que leur raison d'être n'est pas seulement de se déplacer, ou de transporter, mais qu'ils ont une activité intime, généralement assez mystérieuse. Assez savante. Ce qu'on appelle avoir une vie intérieure.

... Un chaudron à confitures volant, hermétiquement clos mais mou, le train arrière lourd basculant en vol.

*

Il fallait bien, pour classer les espèces, les prendre par quelque endroit, partie ou membre, et encore un endroit assez solidement attaché à elles pour qu'il ne s'en sépare pas lorsqu'on le saisit, ou que, s'en séparant, il permette du moins à lui seul de les reconnaître. Ainsi a-t-on choisi l'aile, des insectes. Peut-être avec raison : je n'en sais rien, n'en jurerais nullement.

Hyménoptère, quoi qu'il en soit, à propos des guêpes, n'est pas tellement mauvais. Non qu'à l'hymen des jeunes filles ressemble à vrai dire beaucoup l'aile des guêpes. Apparemment pour d'autres raisons : voilà un mot abstrait, qui tient ses concrets d'une langue morte. Eh bien, dans la mesure où l'abstrait est du concret naturalisé, diaphanéisé — à la fois mièvre et tendu, prétentieux, doctoral — voilà qui convient assez à l'aile des guêpes...

... Mais je ne m'avancerai pas beaucoup plus loin en ce sens.

*

Qu'est-ce qu'on me dit? Qu'elle laisse son dard dans sa victime et qu'elle en meurt? Ce serait assez bonne image pour la guerre qui ne paye pas.

Il lui faut donc plutôt éviter tout contact. Pourtant, lorsque le contact a lieu, la justice immanente est alors satisfaite : par la punition des deux parties. Mais la punition paraît plus sévère pour la guêpe, qui meurt à coup sûr. Pourquoi? Parce qu'elle a eu le tort de considérer le contact comme hostile, et s'est aussitôt mise en colère défensive, qu'elle a frappé. Faisant preuve d'une susceptibilité exagérée (par suite de peur, de sensibilité excessive sans doute... mais pour les circonstances atténuantes, hélas! — il est déjà trop tard). Il est donc évident, répétons-le, que la guêpe n'a aucun intérêt à rencontrer un adversaire, qu'elle doit plutôt éviter tout contact, faire détours et zigzags nécessaires pour cela.

« Je me connais, se dit-elle : si je me laisse aller, la moindre dispute tournera au tragique : je ne me connaîtrai plus. J'entrerai en frénésie : vous me dégoûtez trop, m'êtes trop étrangers.

« Je ne connais que les arguments extrêmes, les injures, les coups — le coup d'épée fatal.

« J'aime mieux ne pas discuter.

« Nous sommes trop loin de compte.

« Si jamais j'acceptais le moindre contact avec le monde, si j'étais un jour astreinte à la sincérité, s'il me fallait dire ce que je pense!... J'y laisserais ma vie en même temps que ma réponse — mon dard.

« Qu'on me laisse donc tranquille; je vous en supplie : ne discutons pas. Laissez-moi à mon train-train, vous au vôtre. A mon activité somnambulique, à ma vie intérieure. Retardons autant que possible toute explication... »

Là-dessus, elle reçoit une petite tape — et tombe aussitôt : il n'y a plus qu'à l'écraser.

*

Susceptible aussi peut-être à cause du caractère si précieux, trop précieux de la cargaison qu'elle emporte : qui *mérite* sa frénésie.

... De la conscience de sa valeur.

*

Mais cette stupeur qui peut la perdre (un coup de main, et elle tombe à terre) peut aussi sinon la sauver, du moins prolonger curieusement sa vie.

La guêpe est tellement stupide — je le dis en bonne part — que si on la coupe en deux, elle continue à vivre, elle met deux jours à comprendre qu'elle est morte. Elle continue à s'agiter. Elle s'agite même plus qu'avant.

Voilà le comble de la stupéfaction *préventive*. Un comble aussi dans le défi.

*

Essaim : de *exagmen*, de *ex agire* : pousser hors.

*

Frénétique peut-être à cause de l'exiguïté de son diaphragme.

(On sait que chez les Grecs la pensée siégeait dans le diaphragme... et que le même mot désignait les deux choses : φρήν, justement.)

*

Pourquoi, de tous les insectes, le plus actif est-il celui aux couleurs du soleil?

Pourquoi aussi les animaux tigrés sont-ils les plus méchants?

*

La guêpe et le fruit.

Transport de pulpe baisée, meurtrie, endommagée, contaminée, mortifiée par la trop brillante dorée-noire, gipsy, donjuane.

Intégrité perdue par le contact d'un visiteur trop brillant. Et non seulement l'intégrité — mais la qualité même de ce qui demeure.

Entre les oiseaux et les fruits il n'y a pas cet amour-haine, cette passion. La chair des fruits conserve une belle indifférence, entamée par l'oiseau. Entre eux il y a l'indifférence. L'oiseau n'est qu'un agent physique.

Mais des insectes aux fruits, quels effets profonds, quelle chimie, quelles réactions! La guêpe est un agent physico-chimique. Elle précipite la postmaturation, la décomposition de la pulpe végétale, qui emprisonnait la graine.

*

La prune dit : « Si le soleil me darde ses rayons, ils dorent ma peau. Si la guêpe me darde son aiguillon, il navre ma chair. »

*

Toujours fourrée dans la nectarothèque : tête vibrante, pompant avec ferveur, et coups de reins.

Sorte de seringue à ingurgiter le nectar.

*

D'abord le brasier.

Que la guêpe sorte de terre, et si frémissante, si dangereuse, cela n'est pas indifférent à l'homme, parce qu'il reconnaît là la perfection de ce qu'il tente ailleurs par ses grands garages, ses aérodromes.

Il y a là comme un brasier dont les étincelles jaillissent loin, avec des trajectoires imprévues.

Elles s'envolent de leurs aéroports souterrains... Offensives, offensantes...

Le mot *dynamo*.

Elles bondissent parfois comme si elles ne pouvaient maîtriser leur moteur.

... D'abord le brasier pétillant, crépitant, puis les vols s'accomplissent, vols de durée, avec offensives brusquées de temps à autre, plongées silencieuses dans les pulpes, où la guêpe accomplit son devoir — c'est-à-dire son crime.

*

L'essaim de mots justes, ou guêpier.

Halte!... Ce fâcheux pétillement du

sillon, n'est-ce la sédition d'une secte de graines, passionnées contre le semeur? — Oui, leur forcènerie d'abord les ramène à son tablier.

Non! Arrière! Il y a là comme un brasier, dont les étincelles jaillissent loin, avec des trajectoires imprévues... J'y vois la perfection de ce qu'on tente ailleurs par ces grands garages, ces aérodromes. Mais voyons mieux.

Aïe! O naturelle ferveur ailée! C'est ton peuple assemblé qui crépite, en la préparation d'une émeute offensive. Oui, dardez-moi... Mais voilà leur animosité déjà qui se dissipe en randonnées furieuses...

*

Un barbare essaim parcourt la campagne. Le jardin en est parcouru.

*

Balle de fusil.

C'est aussi comme une balle de fusil, mais en liberté, mais molle, qui muserait. D'apparence nonchalante, elle retrouve par instants sa vertu et sa décision — et se précipite de tout près sur son but.

C'est comme si, au sortir du tromblon, les projectiles éprouvaient un brusque ravissement qui leur fasse oublier leur intention première, leur mobile, leur rancune.

Comme une armée qui aurait été commandée pour occuper rapidement les points stratégiques d'une ville, et qui dès la porte s'intéresserait aux vitrines, visiterait les musées, boirait aux pailles des consommateurs à toutes les terrasses des cafés.

*

Comme de balles aussi, à petits coups pensifs, elle crible les parois verticales de bois vermoulu.

*

Forme musicale du miel.

La guêpe peut encore être dite la forme musicale du miel. C'est-à-dire une note majeure, diésée, insistante, commençant faiblement mais difficile à lâcher, poissante, claire, avec des alternances de force et de faiblesse, etc.

*

Et caetera...

Et enfin, pour le reste, pour un certain nombre de qualités que j'aurais omis d'expliciter, eh bien, cher lecteur, patience! Il se trouvera bien quelque critique un jour ou l'autre assez pénétrant pour me REPROCHER cette *irruption* dans la littérature de ma guêpe de façon *importune*, *agaçante*, *fougueuse* et *musarde* à la fois, pour DÉNONCER l'allure *saccadée* de ces notes, leur présentation *désordonnée*, en *zigzags*, pour S'INQUIÉTER du goût du *brillant discontinu*, du *piquant* sans profondeur mais non sans danger, non sans *venin dans la queue* qu'elles révèlent — enfin pour TRAITER superbement mon œuvre DE TOUS LES NOMS qu'elle mérite.

Paris, août 1939-Fronville, août 1943.

NOTES PRISES POUR UN OISEAU

Pour Ébiche.

NOTES PRISES POUR UN OISEAU

L'oiseau. Les oiseaux. Il est probable que nous comprenons mieux les oiseaux depuis que nous fabriquons des aéroplanes.

Le mot OISEAU : il contient *toutes les voyelles.* Très bien, j'approuve. Mais, à la place de l's, comme seule consonne, j'aurais préféré l'L de l'aile : OILEAU, ou le v du bréchet, le v des ailes déployées, le v d'*avis :* OIVEAU. Le populaire dit *zozio.* L's je vois bien qu'il ressemble au profil de l'oiseau au repos. Et *oi* et *eau* de chaque côté de l'*s*, ce sont les deux gras filets de viande qui entourent le bréchet.

*

Leur déploiement nécessite leur déplacement en l'air, et réciproquement. C'est alors que s'aperçoit l'envergure dont ils sont capables (non pour la montrer). Ils étonnent à la fois par leur vol (commençant brusquement, souvent capricieux, imprévu) et par le développement de leurs ailes.

A peine a-t-on le temps de revenir de sa surprise que les voilà reposés, recomposés (recomposés dans la forme simple, plus simple, de leur repos). Il y a d'ailleurs une perfection de formes dans l'oiseau replié (comme un canif à plusieurs lames et outils) qui contribue à prolonger notre surprise. Les membres sont escamotés, les plumes par là-dessus s'arrangent de façon que rien de l'articulation ne reste visible. Il faut fouiller pour trouver les jointures. Sous cet amas de plumes il y a certains endroits où le corps existe, d'autres où il fait défaut.

*

Certains oiseaux vivent seuls, ou avec leur seule famille immédiate, d'autres en petites bandes, d'autres en grandes bandes. Certains en compagnies serrées, d'autres en bandes éparses, qui semblent indisciplinées. Certains volent en ligne droite, d'autres tracent volontiers de grands cercles, certains selon leur gré, capricieusement. Il en est qui plus que d'autres paraissent déterminés par un instinct fatal, ou des manies rédhibitoires.

Il en est peu qu'on puisse approcher de plus près que quelques mètres, certains s'enfuient de trente ou cinquante mètres. Quelques espèces citadines s'habituent au proche voisinage de l'homme et parfois sollicitent de lui, de quelques centimètres, en certaines circonstances, leur nourriture.

Mais ce sont les caractères communs à toute cette classe d'animaux que je veux seulement reconnaître. Bêtes à plumes. Faculté de voler. Caractères spéciaux du squelette. Attitudes ou expressions caractéristiques.

Je n'ai pas encore dit grand-chose de leur squelette. C'est quelque chose qui donne l'impression d'une grande légèreté et d'une extrême fragilité, avec une prédominance de l'abdomen et une disproportion marquée de ce squelette par rapport au volume de l'animal vivant. Ce n'est vraiment presque rien qu'une cage, qu'un très léger, très aérien châssis : le crâne rond, extrêmement petit avec une énorme cavité oculaire et un gros bec, le cou généralement long et ténu, les membres inférieurs insignifiants, le tout très facile à broyer, sans aucune résistance à une pression mécanique, protégé par très peu, et au maximum assez peu de chair, de chair d'ailleurs peu élastique ou amortissante. Le squelette des poissons est sans doute plus mince et plus fragile encore, mais incomparablement mieux protégé par la chair.

L'oiseau trouve son confort dans ses plumes. Il est comme un homme qui ne se séparerait pas de son édredon et de ses oreillers de plume, qui les emporterait sur son dos et pourrait à chaque instant s'y blottir. Tout cela d'ailleurs souvent fort pouilleux. A la réflexion, rien ne ressemble à un moineau comme un clochard, à une volière comme un camp de romanichels.

*

Tout cela est trop grossier. L'état d'esprit de l'oiseau doit être bien différent. Mettez-vous à la place de ce manchot aux jambes grêles et entravées, obligé de sautiller pour marcher, ou de traîner un énorme ventre. Heureusement, un cou très mobile, autant pour diriger le bec à l'appréhension des proies que l'oreille aux monitions funestes, car il ne peut en tout cas devoir son salut qu'à la fuite — et l'œil rond, aux aguets à la fois de la proie et du prédateur, constamment écarquillé — le cœur et les ailes battantes.

La grâce des orbes tracés en vol, la gentillesse des mines, et des petits cris ou des roulades, font généralement que les oiseaux sont pris en bonne part.

Ce sont pourtant pour la plupart des mignons crasseux et pouilleux, aux fraises sales, aux crevés, aux bouillons fripés et déchirés, aux collerettes et aiguillettes poussiéreuses, et qui plus est, crottant en vol, crottant au pas, partout. Très « Grand Siècle ».

*

Comment apparaît l'oiseau dans la vie d'un homme? Comme une surprise dans le champ de sa vision. Éclairs viandeux, plus ou moins rapides. Zébrures dans la troisième dimension. A Paris deux sortes : moineaux et pigeons. Toutes les autres, en cage : surtout les petits oiseaux jaunes : perruches ou serins.

L'oiseau parfait évoluerait avec une grâce... il descendrait nous apporter du ciel, par l'opération du Saint-Esprit bien entendu, en des orbes gracieux comme certains paraphes, la signature du Dieu bon et satisfait de son œuvre et de ses créatures. Demander à Claudel quelle est la signification de la colombe du Saint-Esprit. Y a-t-il d'autres oiseaux dans la religion chrétienne, en général dans les religions? J'aperçois les vautours de Prométhée qui me font signe, le cygne de Léda... En voilà plusieurs prêts à s'ébrouer et à renaître, hors de la compilation. Merci bien, je n'en ai que faire!

Somme toute, ce que je décris est surtout le moineau, le perdreau, l'hirondelle, le pigeon. (L'oiseau parfait : je crois que je me réfère au pigeon quand j'y songe, ou à la colombe. D'ailleurs le Saint-Esprit *était* bien une colombe, si je ne m'abuse (Buse).

*

Je croyais pouvoir écrire mille pages sur n'importe quel objet, et voici qu'à moins de cinq je suis essoufflé, et me tourne vers la compilation! Non, je sens bien que de moi (et de l'oiseau) je peux naïvement tirer autre chose. Mais au fond ce qui importe, n'est-ce pas de saisir le nœud? Lorsque j'aurai écrit plusieurs pages, en les relisant j'apercevrai l'endroit où se trouve ce nœud, où est l'essentiel, la qualité de l'oiseau. Je crois bien que je l'ai déjà saisi. Deux choses : le petit sac de plumes, et le foudroyant départ capricieux en vol (l'étonnant départ en vol). A côté de ça, aussi la petite tête, le crâne broyable, les pattes allumettes, le truc du déploiement-déplacement, la bizarrerie des courbes de vol. Quoi encore? Allons, cela ne va pas être facile. Je vais retomber peut-être dans mes erreurs de la crevette. Il vaudrait mieux alors en rester à ces notes, qui me dégoûtent moins qu'un *opus* raté.

J'ai eu aussi l'idée à plusieurs reprises — il faut que je la note — de faire parler l'oiseau, de le décrire à la première personne. Il faudra que j'essaie cette issue, que je tâte de ce procédé.

*

Que dit Littré de l'oiseau? Encore la compilation qui me tarabuste. Tant pis. Allons-y voir. Un effort. Je me lève de mon fauteuil :

OISEAU (impossible à recopier, il y en a trois colonnes, toute la page 813 du tome I-P et plusieurs lignes encore à la page 814. Je copie seulement les têtes de chapitres) : « 1. Animal ovipare à deux pieds, ayant des plumes et des ailes. 2. Terme de zoologie : classe du règne animal comprenant les animaux vertébrés dont le corps est couvert de plumes, et dont les membres antérieurs ont en général la forme d'ailes, la tête terminée en avant par un bec corné qui recouvre des mâchoires allongées, dépourvues de dents. 3. Le roi des oiseaux, l'aigle. L'oiseau de Jupiter, l'aigle. L'oiseau de Junon, le paon. L'oiseau de Minerve, la chouette, le hibou. L'oiseau de Vénus, la colombe, le pigeon. 4. Terme de fauconnerie. Absolument, *l'oiseau :* l'oiseau de proie dressé à la chasse. (Et tous les termes de fauconnerie.) 5. Oiseau-mouche. 6. Oiseau moqueur. 7. Oiseau d'Afrique, la pintade. Oiseau de cerises, le loriot, etc. 10. L'oiseau de saint Luc, le bœuf. 11. Oiseau désigne quelquefois l'avicule commune (coquille). 12. Terme de blason. 13. Terme de chimie. 14. A vue d'oiseau. 15. A vol d'oiseau. 16. Populairement : aux oiseaux, très bien. Divers proverbes. ÉTYMOLOGIE : ital. : uccello, augello. Bas latin : aucellus (dans la loi salique) : d'un diminutif non latin, avicellus, de avis, oiseau.

« Il y a un autre mot OISEAU, s. m. Terme de maçon. Sorte de petite auge qui se met sur les épaules pour porter du mortier. Porter l'oiseau, être manœuvre auprès de maçons. ÉTYMOLOGIE : Ainsi dit par comparaison avec un oiseau, ou peut-être corruption d'*augeau*, dérivé d'*auge.* »

Dans le chapitre oiseau de Littré les plus belles expressions citées, que je veux retenir, sont les suivantes : « *Tous* les oiseaux de proie sont remarquables par une singularité dont il est difficile de donner la raison : c'est que les mâles sont d'environ un tiers moins grands et moins forts que les femelles. » (Buffon, *Oiseaux*, t. I, p. 89.) « L'acteur tragique Esopus se fit servir un plat dans lequel étaient toutes les espèces d'oiseaux qui chantent ou imitent la parole humaine, oiseaux qui lui coûtaient dix mille sesterces la pièce : aussi estime-t-on le plat à cent mille sesterces (22 500 francs) (Pastoret). » Aux termes de fauconnerie : « Oiseau branchier, celui qui n'a encore que la force d'aller de branche en branche. Oiseaux ignobles, oiseaux de bas vol. Oiseaux nobles, oiseaux de haut vol. Oiseaux niais, oiseaux pris au nid et qui n'ont pas encore volé. » Etc. A propos de l'oiseau-mouche : « Légèreté, rapidité, prestesse, grâce et riche parure, tout appartient à ce petit favori. » (Buffon, *Oiseaux*, t. XI, p. 2.) « Oiseau de cerises, le loriot. Oiseau-chameau, l'autruche. Oiseau-mon-père, à Cayenne, le choucas chauve. » A l'historique : « De put oef put oisel. » (Leroux de Linay, *Proverbes*, t. I, p. 188.)

Et voilà. Il y a de bonnes choses à prendre, apprendre. Satisfaction pourtant de constater que rien n'est là de ce que je veux dire et qui est tout l'oiseau (ce sac de plumes qui s'envole étonnamment). Je n'arriverai donc pas trop tard. Tout est à dire. On s'en doutait.

Il faut aussi que je recopie un petit morceau assez récent que j'avais bien prétentieusement intitulé *L'Oiseau* après l'avoir écrit. Le voici : « L'oiseau... grince et crisse, vrille et trille, comme ces robinets de bois qu'on adapte aux douves (douves?). Il pépie, piaille. Là sont grains et pépins. De grains à distillation il n'y a pas loin. A quoi est destiné ce petit alambic? Que distille-t-il? Toute la vie ce sont ces vocalises, ce kirsch de tête de moineau. Puis, aux jours de la mort, ces rares gouttes de sang noir à l'étalage du giboyeur (giboyer?). »

*

Où l'oiseau apparaît-il? Dans un paysage non citadin, sur fond bistre de labours, là où l'air est brodé de nombreux fils verts jusqu'à une certaine hauteur.

*

Relisant ce que j'ai écrit jusqu'ici je trouve plusieurs mots à chercher dans Littré :

BRÉCHET : Nom donné à la crête saillante et longitudinale qui se trouve à la face externe du sternum des oiseaux.

(*Sternum:* Os impair situé chez l'homme au devant et au milieu du thorax. Partie analogue chez les animaux. La forme du sternum des oiseaux, en quille de navire, qui est indispensable pour l'équilibre de leur vol, leur rendrait l'attitude accroupie très pénible. Dupont de Nemours.)

BOMBER : 1. V. actif. Rendre convexe à la façon d'une bombe, c'est-à-dire de manière à présenter un segment sphérique ou à peu près. 2. V. n. bomber : être convexe. Ce mur bombe.

Rebomber ou rebombir n'existent pas, mais rebondir, rebondi (arrondi par embonpoint).

DOUVES : Nom de planches disposées en rond qui forment le corps du tonneau et qu'on fait tenir ensemble avec des cercles.

ORBES : Employé faussement par moi. Orbite serait mieux — qui est à l'orbe ce que la circonférence est au cercle. Courbes serait mieux pour ce que je veux décrire (ou paramètres).

A propos de n'importe quoi, même d'un objet familier depuis des millénaires à l'homme, il reste beaucoup de choses à dire. Et il y a *intérêt* à ce qu'elles soient dites. Non seulement pour le progrès de la science, mais pour celui (moral) de l'homme par la science. Il y a un autre point : pour que l'homme prenne vraiment possession de la nature, pour qu'il la dirige, la soumette, il faut qu'il cumule en lui les *qualités* de chaque chose (rien de mieux à cet effet que de les dégager par la parole, de les nommer).

C'est là me semble-t-il un point de vue bolchevique.

... Mais (autre développement) la dictature de l'homme sur la nature, les éléments, ne sera qu'une période vers l'état d'harmonie parfaite (que l'on peut bien imaginer) entre l'homme et la nature, où celle-ci recevra de l'homme autant qu'il lui prendra.

Le poète (est un moraliste qui) dissocie les *qualités* de l'objet puis les recompose, comme le peintre dissocie les couleurs, la lumière et les recompose dans sa toile.

*

(Merveilleux couple d'oiseaux d'Ébiche vu avant le départ de son œuvre en Pologne le 2 septembre 1938.)

Sagement assis côte à côte dans un panier rond comme un nid, dans la pose des couveuses dominant leur effroi, leurs plumes multicolores légèrement hérissées et bouffantes, cataleptiques (ou vraiment héroïques?), tête immobile et l'œil écarquillé.

*

Fines fléchettes ou courts et gras javelots,
Au lieu de contourner les arêtes des toits,
Nous sommes rats du ciel, éclairs viandeux, torpilles,
Poires de plumes, poux de la végétation.
Souvent, posté sur une haute branche,
Je guette là, stupide et tassé comme un grief.

*

NOTES PRISES POUR UN OISEAU

Mon nom unit les voyelles françaises
A commencer par celle en forme d'œuf
En deux diphtongues autour de la couleuvre

Proche de moi aux classifications.
Niais d'abord, branchier ensuite, je m'envole
De la tapisserie à trois dimensions.
J'en tombe comme un fruit mais découvrant mes ailes
Je les déploie et je me sauve aux cieux...
Cercles charmants, zigzags précautionneux,
Bonds successifs quoique à peu de distance,
Mines gentilles, petits cris, roulades
Font qu'on nous traite en petits favoris.
L'on ne nous voit ce que souvent nous sommes :
Mignons pouilleux aux collerettes sales,
Jabots crasseux, sphincters impénitents...
Hors de nos nids faits plutôt pour nos œufs,
Ovoïdes paniers d'où le duvet floconne,
Notre confort réside dans nos plumes,
Édredons et coussins emportés sur le dos,
Où nous pouvons à peine nous blottir,
Capot sous l'aile et parfois une patte,
Comme un clochard couché sur ses ballots,

Un voyageur tête sur sa valise
Sur la dure banquette au milieu des cahots...
Vous-mêmes, au panier rond, couveuses héroïques,
Les plumes hérissées dominant votre effroi,
Comprend-on seulement votre peine physique?...
Cageot léger facilement broyable,
Dont le bréchet seul est flanqué de chair,
Manchot bossu monté sur allumettes,
L'allure déhanchée ou le pas sautillant,
Épaule faible et constamment démise
Mais que je peux en aile déployer,
Sternum de rachitique en quille de navire
Très nécessaire à l'équilibre en vol
Mais qui fait mal dans la pose accroupie,
Tête inquiète, œil rond parfois cataleptique,
Long cou mobile, enfin bec corné recouvrant
Des mâchoires fort longues et dépourvues de dents.
Aucune graisse en aucun de ses membres.

Dans ma carène j'ai tout entreposé,
Mon gésier est plein des graines de septembre.
D'acides moucherons assurent mes diarrhées.
D'un poids certain je reconnais mon ventre,
Ventre qu'aux nues mes ailerons emportent,
Mieux innervés que les feuilles d'automne,
Articulés mieux que voiles de jonques...
Et j'ai mes serres, j'ai mon bec féroce
Lorsque à sévir je me sens disposé.
Que j'empiète la branche ou pique dans l'écorce,
La corne de mes bec ou serres vaut l'acier.

*

NOUVELLES NOTES POUR MON OISEAU

Lorsque je me déploie il faut qu'en l'air je vole,
Sur fond de ciel, de moissons, de labours,

Au prix de mon repos montrant mon envergure
Qu'on ne peut donc jamais contempler à loisir;
Et je me recompose aussitôt reposé —
Membres escamotés en lames de canif —
Les plumes là-dessus s'arrangeant de manière
A ne plus laisser voir les articulations.

. . . .

D'autres bêtes s'enfuient à l'approche de l'homme
Mais c'est pour s'enfoncer au plus proche fourré;
Moi sur l'album des cieux la ligne que je trace
Tient longtemps attentif avant qu'elle s'efface
L'œil inquiet de me perdre au guillochis des nues...
Cependant, dans les bois, mystérieux échanges,
Activité diplomatique intense aux cintres,
Retraits précipités, tentatives peureuses,
Courts trajets d'ambassadeurs, démarches polies

Et nobles pénétrant profondément les
feuilles...
. . . .
Nous somm' aussi planeurs à moteur
musculé,
Élastiques tordus d'une façon spéciale
Et sommes à nous-mêmes nos propres
catapultes.

*

Somme toute il reste encore :

1. Les bandes éparses indisciplinées.
2. L'oiseau comme robinet de bois qui grince et crisse, pépie, piaille...

Reprenant la première phrase de ce cahier *d'observations*, celle où je disais (instinctivement) : « il est probable que nous comprenons mieux les oiseaux depuis que nous fabriquons des aéroplanes », voici comment je veux conclure :

Si je me suis appliqué à l'oiseau, avec toute l'attention, toute l'ardeur d'expression dont je suis capable, et donnant même parfois le pas (par modestie raisonnée de la raison) à l'expression intuitive sur la simple description ou observation — c'est pour que nous fabriquions des aéroplanes perfectionnés, que nous ayons une meilleure prise sur le monde.

Nous ferons des pas merveilleux, l'homme fera des pas merveilleux s'il redescend aux choses (comme il faut redescendre aux mots pour exprimer les choses convenablement) et s'applique à les étudier et à les exprimer en faisant confiance à la fois à son œil, à sa raison et à son intuition, sans prévention qui l'empêche de suivre les *nouveautés* qu'elles contiennent — et sachant les considérer dans leur essence comme dans leurs détails. Mais il faut en même temps qu'il les refasse dans le logos à partir des matériaux du logos, c'est-à-dire de la parole.

Alors seulement sa connaissance, ses découvertes seront *solides*, non *fugitives*, non fugaces.

Exprimées en termes logiques, qui sont les seuls termes humains, elles lui seront alors acquises, il pourra en profiter.

Il aura accru non seulement ses

lumières, mais son pouvoir sur le monde.

Il aura progressé vers la joie et le bonheur non seulement pour lui, mais pour tous.

Paris, mars-septembre 1938.

L'ŒILLET

A Georges Limbour.

L'ŒILLET

Relever le défi des choses au langage. Par exemple ces œillets défient le langage. Je n'aurai de cessa avant d'avoir assemblé quelques mots à la lecture ou l'audition desquels l'on doive s'écrier nécessairement : c'est de quelque chose comme un œillet qu'il s'agit.

Est-ce là poésie? Je n'en sais rien, et peu importe. Pour moi c'est un besoin, un engagement, une colère, une affaire d'amour-propre et voilà tout.

*

Je ne me prétends pas poète. Je crois ma vision fort commune.

Étant donnée une chose — la plus ordinaire soit-elle — il me semble qu'elle présente toujours quelques qualités vraiment particulières sur lesquelles, si elles étaient clairement et simplement exprimées, il y aurait opinion unanime et constante : ce sont celles que je cherche à dégager.

Quel intérêt à les dégager? Faire gagner à l'esprit humain ces qualités, dont il est *capable* et que seule sa routine l'empêche de s'approprier.

Quelles disciplines sont nécessaires au succès de cette entreprise? Celles de l'esprit scientifique sans doute, mais surtout beaucoup d'art. Et c'est pourquoi je pense qu'un jour une telle recherche pourra aussi légitimement être appelée *poésie.*

*

L'on apercevra par les exemples qui suivent [1] quels importants déblais cela suppose (ou implique), à quels outils, à quels procédés, à quelles rubriques l'on doit ou l'on peut faire appel. Au dictionnaire, à l'encyclopédie, à l'imagination, au rêve, au télescope, au mi-

1. *L'Œillet* n'est qu'un de ces exemples.

croscope, aux deux bouts de la lorgnette, aux verres de presbyte et de myope, au calembour, à la rime, à la contemplation, à l'oubli, à la volubilité, au silence, au sommeil, etc.

L'on apercevra aussi quels écueils il faut éviter, quels autres il faut affronter, quelles navigations (quelles bordées) et quels naufrages — quels changements de points de vue.

*

Il est fort possible que je ne possède pas les qualités requises pour mener à bien une telle entreprise — en aucun cas.

D'autres viendront qui utiliseront mieux que moi les procédés que j'indique. Ce seront les héros de l'esprit de demain.

(Un autre jour.)

Quoi de particulier, en somme, dans le naïf programme (valable pour toute expression authentique) exposé solennellement ci-dessus?

Sans doute seulement ceci, le point suivant : ... où je choisis comme sujets non des sentiments ou des aventures humaines mais des objets les plus indifférents possible... où il m'apparaît (instinctivement) que la garantie de la nécessité d'expression se trouve dans le mutisme habituel de l'objet.

... A la fois garantie de la nécessité d'expression et garantie d'opposition à la langue, aux expressions communes.

Évidence muette opposable.

I

Opiniâtre : fortement attaché à son opinion.

Papillotes, *papillons*, *papilles :* même mot que *vaciller*.

Déchiré : d'un mot allemand *skerran*. Déchiqueter.

Dents et *dentelles*.

Chiffons. *Crème*, *crémeux*.

Œillet : Linné l'appelle bouquet parfait, bouquet tout fait.

Satin.

Festons : « Ces belles forêts qui découpaient d'un long feston mobile le sommet de ces coteaux. »

Fouetté : crème fouettée, qui à force d'être battue devient tout en écume.

Éternuer.

Jacasse et *Jocaste?*

Jabot : appendice de mousseline ou de dentelle.

Froisser : chiffonner, faire prendre des plis irréguliers. (L'origine est un bruit.)

Friser (une serviette) : la plier de façon qu'elle forme de petites ondes.

Friper, au sens de chiffonner, se confond avec *fespe*, de *fespa*, qui veut dire chiffon et aussi frange, sorte de peluche.

Franges : étymologie inconnue. 2° Terme d'anatomie : repli des synoviales.

Déchiqueter : découper en chiquettes, en faisant diverses taillades. *Se déchiqueter*, se faire des entailles.

2

L'opposer aux fleurs calmes, rondes : arums, lis, camélias, tubéreuses.

Non qu'elle soit folle, mais elle est violente (quoique bien tassée, assemblée dans des limites raisonnables).

3

A bout de tige, hors d'une olive, d'un gland souple de feuilles, se déboutonne le luxe merveilleux du linge.

Œillets, ces merveilleux chiffons.

Comme ils sont propres.

4

A les respirer on éprouve le plaisir dont le revers serait l'éternuement.

A les voir, celui qu'on éprouve à voir la culotte, déchirée à belles dents, d'une fille jeune qui soigne son linge.

5

Pour « se déboutonner », voir bouton. Voir aussi cicatrice.

Bouton : vu, il ne faut pas rapprocher bout et bouton ni déboutonner dans la phrase, car c'est le même mot (de bouter, pousser).

6

Et naturellement, tout n'est que mouvement et passage, sinon la vie, la mort, seraient incompréhensibles.

Si bien qu'inventerait-on la pilule à dissoudre dans l'eau du vase pour rendre l'œillet éternel — en nourrissant de sucs minéraux ses cellules — cependant il ne survivrait pas longtemps en tant que fleur, la fleur n'étant qu'un moment de l'individu, lequel joue son rôle comme l'espèce le lui enjoint.

(Ces six premiers morceaux, la nuit du 12 au 13 juin 1941, en présence des œillets blancs du jardin de Mme Dugourd.)

7

A bout de tige se déboutonne hors d'une olive souple de feuilles un jabot merveilleux de satin froid avec des creux d'ombre de neige viride où siège encore un peu de chlorophylle, et dont le parfum provoque à l'intérieur du nez un plaisir juste au bord de l'éternuement.

8

Papillote chiffon frisé
Torchon de luxe satin froid
Chiffon de luxe à belles dents
Torchon frisé de satin froid
Mouchoir de luxe à belles dents
Fripes de luxe en satin froid
De lustre

9

Jabot papillote ou mouchoir
Torchon de luxe à belles dents
Chiffon
Du satin froid à belles dents
Odorant hors de lui fouetté
A bout de tige bambou vert
A renflement d'ongle poli
Se gonfle un gland souple de feuilles

Sachets multiples odorants
D'où jaillit la robe fouettée

13 juin.

10

Phare de boutonnière
Projecteur
Baladeuse
Magondo

Jabot chiffon papillote ou mouchoir
Hardes fripes haillons

Bouillons de linge ou ruches
De satin froid
Riche opulent assemblage
Compétition association
Manifeste réunion
De pétales d'un tissu humide
Froidement satiné

Foule sortant en delta de la communion
Ou culotte à belles dents de fille soigneuse de son linge

Répandant des parfums d'une sorte à chaque instant
Qui risque quel plaisir de vous mettre au bord de l'éternuement

Trompettes pleines gorgées bouchées
Par la redondance de leur propre expression

Gorges entièrement bouchées par des langues

Leurs pavillons leurs lèvres déchirées
Par la violence de leurs cris de leurs expressions

Froncés froissés frisés fripés
Frangés festonnés fouettés
Chiffonnés bouclés gondolés
Tuyautés gaufrés calamistrés
Tailladés déchirés pliés déchiquetés
Ruchés tordus ondés dentelés

Crémeux écumeux blanc neigeux
Homogène uni
Bouquet parfait Bouquet tout fait
Hors du gland souple de l'olive souple et pointue

Qu'il fait s'entrouvrir qu'il fend
Au bout de sa tige fin bambou vert
Aux renflements espacés polis
Et langus aussi simplement que possible

Ains aux approches de juillet
Se déboutonne l'œillet

14 juin.

II

A l'extrémité de sa tige fin bambou vert aux espacés renflements polis d'où se dégainent deux feuilles symétriques très simples petits sabres gonfle à succès un gland une olive souple et pointue que force à s'entrouvrir que fend en œillet d'où se déboutonne

un jabot de satin froid merveilleusement chiffonné un ruché à foison de languettes tordues et déchirées par la violence de leur propos :

tout spécialement un parfum tel qu'il produit sur la narine humaine un effet de plaisir presque sternutatoire

15 juin.

12

La tige
de ce magnifique héros — exemple à suivre —
est un fin bambou vert
aux énergiques renflements espacés
polis comme l'ongle

Sous chacun d'eux se dégainent c'est le mot
deux très simples petits sabres
symétriquement inoffensifs

A l'extrémité promise au succès
gonfle un gland une olive souple et pointue

Qui soudain donnant lieu à une modification
bouleversante
la force à s'entrouvrir qui la fend
et s'en déboutonne?

Un merveilleux chiffon de satin froid
un jabot à foison de flammèches froides

de languettes du même tissu
tordues et déchirées
par la violence de leur propos

Une trompette gorgée
de la redondance de ses propres cris
au pavillon déchiré par leur violence
même

Tandis que pour confirmer l'importance
du phénomène
se répand continûment un parfum tel
qu'il provoque dans la narine humaine
un effet de plaisir intense
presque sternutatoire.

13

A l'extrémité d'un chaume énergique
les trompettes du linge
déchirées par la violence de leur propos :
un parfum d'essence sternutatoire

*

L'herbe aux rotules immobiles.

*

Le bouton d'un chaume énergique
se fend en œillet

14

O fendu en œ
O! Bouton d'un chaume énergique
fendu en ŒILLET!
L'herbe, aux rotules immobiles
ELLE ô vigueur juvénile
L aux apostrophes symétriques
o l'olive souple et pointue
dépliée en œ, I, deux L, E, T
Languettes déchirées
Par la violence de leur propos
Satin humide satin cru

etc.

(Mon œillet ne doit pas être trop grand-chose : il faut qu'entre deux doigts on le puisse tenir.)

15

Rhétorique résolue de l'œillet.

Parmi les jouissances comportant leçons à tirer de la contemplation de l'œillet il en est de plusieurs sortes et je veux, graduant notre plaisir, commencer par les moins éclatantes, les plus terre à terre, les plus basses, les plus près du sol et les plus solides peut-être, celles qui sortent de l'esprit en même temps que sort de terre la petite plante elle-même...

Cette plante d'abord ne diffère pas beaucoup du chiendent. Elle s'agrippe au sol qui paraît en cet endroit à la fois tôlé et sensible comme une gencive que percent des canines pointues. Si l'on cherche à extraire la petite touffe l'on n'y parvient pas sans difficulté, car l'on s'aperçoit qu'il y avait là-dessous une sorte de longue racine soulignant horizontalement la surface du sol, une longue volonté de résistance très tenace, relativement très considérable. Il s'agit d'une espèce de corde fort résistante et qui déroute l'extracteur, le force à changer la direction de son effort. C'est quelque chose qui ressemble fort à la phrase par laquelle j'essaie « actuellement » de l'exprimer, quelque chose qui se déroule moins qu'elle ne s'arrache, qui tient au sol par mille radicules adventices — et dont il est probable qu'elle cassera net (sous mon effort) avant que j'aie pu en extraire le principe. Connaissant ce danger je le risque vicieusement, sans vergogne, à différentes reprises.

Assez là-dessus, n'est-ce pas? Lâchons la racine de notre œillet.

— Nous la lâcherons, certes, mais, revenus à un état d'âme plus tranquille, nous nous demanderons pourtant, avant de laisser nos regards monter vers la tige — nous asseyant dans l'herbe par exemple non loin de là, et la contemplant sans plus y toucher —, les raisons de cette forme qu'elle a prise : pourquoi une corde, et non un pivot ou une simple arborescence souterraine comme les racines d'habitude?

Nous ne devons pas céder en effet à

la tentation de croire que ce soit seulement pour nous causer les tracas que je viens de décrire que l'œillet se comporte ainsi.

Mais on peut déceler peut-être dans le comportement du végétal une volonté d'enlacer, de ficeler la terre, d'en être la religion, les religieux — et par conséquent les maîtres.

Mais revenons à la forme de ces racines. Pourquoi une corde plutôt qu'un pivot ou qu'une arborescence comme les racines d'habitude?

Il peut y avoir eu, au choix de ce style, deux raisons, valables l'une ou l'autre selon qu'on décidera qu'il s'agit d'une racine aérienne ou d'une tige rampante au contraire.

Peut-être, s'il s'agit d'un arbuste atrophié, d'un arbuste las et sans force et sans assez de foi pour s'élever verticalement du sol, peut-être quelque expérience millénaire lui aura-t-elle appris qu'il valait mieux réserver son altitude à sa fleur.

Ou peut-être cette plante doit-elle conduire à travers une vaste étendue de terrain la quête des rares principes convenables à la nourriture de l'exigence particulière qui aboutit à sa fleur?

L'ampleur même de ces paragraphes consacrés à la seule racine de notre sujet répond à un souci analogue, sans doute... mais voici la mesure atteinte.

Sortons de terre à cet endroit choisi...

*

*Ainsi, voici le ton trouvé, où l'*indifférence *est atteinte.*

C'était bien l'important. Tout à partir de là coulera de source... une autre fois.

Et je puis aussi bien me taire.

Roanne, 1941-Paris, 1944.

LE MIMOSA

Le génie et la gaieté produisent assez souvent ces petits enthousiasmes soudains.

Fontenelle.

LE MIMOSA

Sur fond d'azur le voici, comme un personnage de la comédie italienne, avec un rien d'histrionisme saugrenu, poudré comme Pierrot, dans son costume à pois jaunes, le mimosa.

Mais ce n'est pas un arbuste lunaire : plutôt solaire, multisolaire...

Un caractère d'une naïve gloriole, vite découragé.

Chaque grain n'est aucunement lisse, mais, formé de poils soyeux, un astre si l'on veut, étoilé au maximum.

Les feuilles ont l'air de grandes plumes, très légères et cependant très accablées d'elles-mêmes; plus attendrissantes dès lors que d'autres palmes, par là aussi très distinguées. Et pourtant, il y a quelque chose actuellement de vulgaire dans l'idée du mimosa; c'est une fleur qui vient d'être vulgarisée.

... Comme dans tamaris il y a tamis, dans mimosa il y a mima.

*

Je ne choisis pas les sujets les plus faciles : voilà pourquoi je choisis le mimosa. Comme c'est un sujet très difficile il faut donc que j'ouvre un cahier.

Tout d'abord, il faut noter que le mimosa ne m'inspire pas du tout. Seulement, j'ai une idée de lui au fond de moi qu'il faut que j'en sorte parce que je veux en tirer profit. Comment se fait-il que le mimosa ne m'inspire pas du tout — alors qu'il a été l'une de mes adorations, de mes prédilections enfantines? Beaucoup plus que n'importe quelle autre fleur, il me donnait de l'émotion. Seul de toutes il me passionnait. Je doute si ce ne serait pas par le mimosa qu'a été éveillée ma sensualité, si elle ne s'est pas éveillée aux soleils du mimosa. Sur les ondes puissantes de son parfum je flottais, extasié. Si bien qu'à présent le mimosa, chaque fois qu'il apparaît dans mon intérieur, à mon entour, me rappelle tout cela et fane assitôt.

Il faut donc que je remercie le mimosa. Et puisque j'écris, il serait inadmissible qu'il n'y ait pas de moi un écrit sur le mimosa.

Mais vraiment, plus je tourne autour de cet arbuste, plus il me paraît que j'ai choisi un sujet difficile. C'est que j'ai un très grand respect pour lui, que je ne voudrais pas le traiter à la légère (étant donné surtout son extrême sensibilité). Je ne veux l'approcher qu'avec délicatesse...

...Tout ce préambule, qui pourrait être encore longuement poursuivi, devrait être intitulé : « Le mimosa et moi. » Mais c'est au mimosa lui-même — douce illusion! — qu'il faut maintenant en venir; si l'on veut, au mimosa sans moi...

*

Nous dirons plutôt qu'une fleur, une branche, un rameau, peut-être même une plume de mimosa.

Aucune palme ne ressemble plus à une plume, à de la plume jeune, à ce qui est entre le duvet et la plume.

Sessiles à ces branches, de nombreuses petites boules, pompons d'or, houppettes de duvet poussin.

Les minuscules poussins d'or du mimosa, pourrions-nous dire, les grains gallinacés, les poussins vus à deux kilomètres du mimosa.

L'hypersensible palmeraie-plumeraie, et ses poussins d'or à deux kilomètres.

Tout cela, vu à la lunette d'approche, embaume.

*

Peut-être, ce qui rend si difficile mon travail, est-ce que le nom du mimosa est déjà parfait. Connaissant et l'arbuste et le nom du mimosa, il devient difficile de trouver mieux pour définir la chose que ce nom même.

Il semble qu'il lui soit parfaitement *appliqué*, que la chose ici ait déjà touché des deux épaules...

Mais non! Quelle idée! Puis, s'agit-il tellement de le définir?

*

N'est-il pas beaucoup plus urgent d'insister, par exemple, sur le caractère à la fois glorieux et doux, caressant, sensible, tendre du mimosa? Il y a de la *sollicitude* dans son geste et son exhalation. L'une et l'autre sont des épanchements, au sens qu'en donne Littré : communication de sentiments et de pensées intimes.

Et de la *déférence:* condescendance mêlée d'égards et dictée par un motif de respect.

Tel est le tendre salut de sa palme. Par là peut-être voulant faire excuser sa gloriole.

*

Bosquet de plumes grises aux derrières d'autruches. Des poussins d'or s'y dissimulent (mal), sans cachotterie.

*

Accessoire de cotillon, accessoire de la

comédie italienne. Pantomime, mimosa.

Un fervent de la pantomime osa
Enfer! Vendre la pente aux mimosas.

(Ex-martyr du langage, on me permettra de ne le prendre plus tous les jours au sérieux. Ce sont tous les droits qu'en ma qualité d'ancien combattant — de la guerre sainte — je revendique. — Non, vraiment! Il doit y avoir un juste milieu entre le ton pénétré et ce ton canaille.)

*

Embaume cette page, ombrage mon lecteur, rameau léger aux plumes retombantes, aux poussins d'or!

Rameau léger, gratuit, à floraison nombreuse.

Plumets découragés, poussins d'or.

*

Épanouies, les boulettes du mimosa dégagent un parfum prodigieux puis se contractent, se taisent : elles ont vécu.

Je dirai que ce sont fleurs de tribune (ou encore une fois : de tréteaux).

Qu'elles ont des qualités de poitrine, d'ut de poitrine. Leur parfum porte loin. Elles sont unanimement écoutées et applaudies, par la foule narines bées.

Le mimosa parle à haute et intelligible voix; il parle d'or.

C'est une bonne action répandue, un don gratuit et agréable à recevoir.

Le mimosa et sa bonne action spécifique.

Mais ce n'est pas un discours qu'il tient, c'est une note prestigieuse, toujours la même, assez capable de persuasion.

*

Le mimosa (poème en prose). — D'hypersensibles plumes à poussins d'or l'avenue a deux kilomètres dont un seul brin vu à la lunette d'approche embaume la maison. Épanouies, les boulettes du mimosa dégagent un parfum prodigieux puis se contractent : elles ont vécu. Sont-ce fleurs de tribune? Leur parole, unanimement écoutée et applaudie par la foule narines bées, porte loin

« MIraculeuse
MOmentanée
SAtisfaction!

MInute
MOusseuse
SAfranée! »

« Peignes découragés par la beauté des poux d'or qui naissent de leurs dents! Basse-cour haute-cour d'autruches enracinées, jaillissantes de poussins d'or! Brève fortune, jeune millionnaire la robe épanouie, liée par le bas, agitée en bouquets! Houppette neuve, faibles poussins de cygne, douce au contact et très fort parfumée! Geyser de plumes poussinantes! Panaches, de soleils soutenables constellés!... Et décorés à pois de soleils soutenables! Orgueil souple et retombant avec déférence pour lui-même comme pour les spectateurs.

— La floraison est un paroxysme. La fructification est déjà sur le chemin du retour.

— L'enthousiasme (qui est beau par

lui-même) porte ses fruits (qui sont bons ou mauvais).

— La floraison est une valeur esthétique, la fructification une valeur morale : l'une précède l'autre.

— Le bon est la conséquence du beau. L'utile (graine) est la conséquence du bon.

— Le bon peut être aussi beau que le beau (oranges, citrons). L'utile est le plus souvent esthétiquement modeste.

— La fleur est le paroxysme de la jouissance de l'individu.

— Le fruit n'est que l'enveloppe, le protecteur, le frigidaire, l'humidaire de la graine.

— La graine est le joyau spécifique, c'est la chose, le rien.

— La graine qui n'a l'air de rien est — en effet — la chose. »

*

Au paroxysme de sa propre jouissance spécifique et de la satisfaction visuelle et olfactive qu'il cause, le panache du mimosa retombe et les soleils qui le constellent se contractent et jaunissent : ils ont vécu.

Vision paradisiaque, bosquet de nobles autruches empêchées, par quel scrupule s'éteignent-elles, montrent-elles tant de découragement?

— Par déférence pour elles-mêmes et pour les spectateurs : oh! pardon, semblent-elles dire, de nous être si ostensiblement réjouies! D'avoir si ostensiblement joui.... Bosquet de fumées végétales... Le mimosa ne se concevrait-il pas lui-même comme une fumée, un encens? Et ne serait-il pas découragé par son poids et sa fixité?

*

Il y a foule de poussins d'or
sur l'avenue bosquet d'hypersensibles
  plumes
Il y a foule de poussins d'or
entre deux infinis d'azur
piaillant la note complémentaire.

*

Parvenu à ce point, j'allai à la bibliothèque consulter le *Littré*, la *Grande Encyclopédie*, le *Larousse :*

Paroxysme, de παρά, indiquant l'adjonction — et ὀξύνειν, rendre aigre. La plus forte intensité d'un accès, d'une douleur.

Paroxyntique, les jours paroxyntiques : les jours où les paroxysmes ont lieu.

Enthousiasme, de ἐν, en et θεός, dieu. Premier sens : fureur divine : état physique désordonné comme celui des sibylles qui rendaient leurs oracles en poussant des cris, écumant, roulant des yeux.

Geyser : non, ne convient pas.

Mimosa, s. f. (mais d'après les botanistes s. m.) : nom latin d'un genre de légumineuses dont la plus connue est la sensitive *(mimosa pudica)*. Étymologie : voir mimeux.

Mimeux : se dit des plantes qui, lorsqu'on les touche, se contractent. Les plantes mimeuses. Étym. : de *mimus*, parce qu'en se contractant ces plantes semblent représenter les grimaces d'un mime.

Eumimosa. Ce curieux petit arbuste

aime la pleine lumière et des arrosages fréquents en été. Fleurs petites, sessiles. Inflorescences ressemblant à des houppes soyeuses à cause du très grand nombre de longues étamines qui les hérissent.

Floribonde.

Mimosées. Cette famille forme le passage des légumineuses aux rosacées.

*

1er avril 1941.

Petits soleils déjà trop tolérables : jaunissant encore, ils ont vécu.

*

Le Brin de mimosa (poésie).

A tue-tête, à décourage-feuilles,
Les poussins d'or du mimosa
Entre deux infinis d'azur
Piaillent la note complémentaire.

*

Non, hélas! Ce n'est pas encore à

propos du mimosa que je ferai la conquête de mon mode d'expression. Je le sais trop déjà, je me suis trop essayé sur de trop nombreux feuillets blancs.

Mais si du moins j'ai gagné quelque chose à ce propos, je ne veux pas le perdre.

Il ne me reste qu'un procédé. Il faut que je prenne le lecteur par la main, que je sollicite de sa part une assez longue complaisance, le suppliant de se laisser conduire au risque de s'ennuyer par mes longs détours, en lui affirmant qu'il goûtera sa récompense lorsqu'il se trouvera enfin amené par mes soins au cœur du bosquet de mimosas, entre deux infinis d'azur.

*

Les Vanités complémentaires (poésie).

A tue-tête à foison à décourage-plumes
Les poussins du mimosa
Sur la côte d'azur piaillent d'or.

Variante.

Floribonds, à tue-tête, à décourage-
plumes
Entre deux blocs indéfinis d'azur
Pépiaillent d'or cent glorioleux pous-
sins.

*

Autre.

O glorieux naïfs que nous fûmes
Éclos sous l'azur oméga
A tue-tête et à navre-plumes
Les poussins d'or du mimosa.

*

Autre.

D'autant qu'une fidèle assistance d'azur
Narine bée inspire leurs oracles
Floribonds à tue-tête à décourage-
plumes
Les poussins du mimosa piaillent d'or.

*

6 avril, 3 heures du matin.

Quand on apporte du mimosa, c'est presque comme si l'on apportait (une surprise!) le soleil lui-même. Comme un rameau bénit (le rameau bénit du culte de Râ). Comme une petite torche allumée. Les torchères du mimosa...

(Il est trois heures du matin et nous voici, comme par hasard, au dimanche des Rameaux 1941.)

... Comme par exemple s'il avait plu, qu'on ait l'idée d'apporter une branche constellée de gouttelettes, eh bien! le mimosa c'est la même chose : il y est accroché du soleil, de l'or.

Je songe que Debussy avait là un sujet tout à fait à sa mesure.

*

Dais, ombrelles, chasse-mouches.

A ce point de ma recherche je décidai de retourner au *Littré*, d'où je retins ce qui suit :

Autruche: le plus gros des oiseaux connus, et à cause de sa grandeur incapable de voler.

Floribond: ce mot ne figure pas au *Littré.* Il figurera donc dans les éditions futures.

Il y a un échassier (genre grue) du nom de *florican.*

Faire *florès*, c'est fleurir.

Florilège: 1° Synonyme d'anthologie. 2° Titre de quelques ouvrages qui traitent de plantes remarquables par la beauté de leurs fleurs.

Houppe: 1° Assemblage de fils de laine, de soie, formant un bouquet, une touffe. 2° Terme de zoologie : flocon de plumes que certains oiseaux... Petite touffe étalée de poils... 5° Anatomie : houppes nerveuses, papilles. — Graine houppée : qui est disposée en façon de houppes.

La *houppée*, terme de marine : écume légère du choc de deux vagues.

Panache: faisceau de plumes qui,

liées par le bas, voltigent par le haut, forment une espèce de bouquet (de *penna*, plume).

« Quand le paon met au vent son panache pompeux. »

(D'Aubigné.)

Paradis ; grands parcs, jardins délicieux. Les parcs des rois achéménides (Renan). Mot persan.

Oiseau de paradis : à longues plumes effilées (tiens !)

Paradis des jardiniers : saule pleureur (tiens, tiens !).

Pompe, pompons, Pompadour, rococo.

Poussin : de *pullicenus*, diminutif de *pullus :* poule (poulet nouvellement éclos).

Le mot *poussinée* existe : troupe de poussins.

Poussinières : nom vulgaire de la constellation des Pléiades.

Inutile de dire que j'ai considéré ces trouvailles comme, en faveur de ce que j'avais écrit, un bouquet de preuves *a posteriori*.

*

Ainsi, après avoir beaucoup tourné autour de cet arbuste, m'être égaré souvent, avoir plus souvent désespéré que joui, l'avoir plus dénaturé qu'obéi, en reviens-je (me trompé-je encore?) à considérer la qualité caractéristique du mimosa comme celle-ci : « glorioleux, vite découragé ».

Mais voulant y mettre plus de nuances, j'ajouterai encore ceci :

1. Chaque branche de mimosa est un perchoir à petits soleils tolérables, à petits enthousiasmes soudains, à joyeuses petites embolies terminales. (Oh! qu'il est difficile d'approcher de la caractéristique des choses!) Il est réjouissant de voir un être en développement aboutir par un si grand nombre de ses extrémités à de pareils et éclatants *succès*. Comme dans un feu d'artifice réussi les fusées se terminent en éclatements de soleils.

Cela est *plus* vrai du mimosa que des autres plantes ou arbustes à fleurs, parce que vraiment aucune autre fleur n'est aussi simplement une éclosion comme telle, purement et simplement un déploiement d'étamines au soleil.

2. Toutes ces papilles turgescentes, toutes ces petites gloires ne sont pas encore éteintes, contractées, jaunissantes, mortes que le rameau entier présente des signes de découragement, de désespoir.

Disons mieux : au moment même de la gloire, dans le paroxysme de la floraison, le feuillage présente déjà des signes de désespoir, au moins des indices de nonchaloir aristocratique. On dirait que l'expression des feuilles dément celles des fleurs — et réciproquement.

L'on dit que ces feuillages ressemblent à des plumes, mais à quelles plumes? Seulement à celles des autruches, à celles qui servent pour les chasse-mouches orientaux, à celles qui ont des retombées, qui semblent incapables de se soutenir, à plus forte raison de soutenir en l'air leur oiseau.

3. Mais en même temps ce violent

parfum, qui porte loin; cet oracle, les yeux exorbités; ce violent parfum, presque animal, par quoi il semble que la fleur s'extravase...

... Et donc, puisqu'elle s'extravase, jusqu'au prochain printemps disons-lui au revoir!

*

Floribonds à tue-tête à décourage-
  plumes
D'un bosquet jusqu'au cœur remué par
  la simple
Approche sous l'azur d'une mémoire
  d'homme
Narine bée inspirant leurs oracles,
Piaillent, pépiaillent d'or un milliard de
poussins

*

Le Mimosa (variantes incorporées).

Odorants à tue-tête à décourage-plumes
Piaillent, ils piaillent d'or les glorieux
  poussins
L'azur narines bées inspire leurs oracles
Par la muette autorité de sa splendeur

Floribonds à tue-tête à démentir leurs plumes
Déplorant le bosquet offusqué jusqu'au cœur
Par la violette austérité de ta splendeur
Azur narines bées inspirant leurs oracles

Floribonds odorants à décourage-plumes
Piaillent, ils piaillent d'or les glorieux poussins

*

Le Mimosa.

Floribonds, à tue-tête, à démentir leurs plumes
Déplorant leur bosquet offensé jusqu'au cœur
Par la violente austérité de ta splendeur,
Azur ! narines bées inspirant leurs oracles,
Piaillent, ils piaillent d'or les glorieux poussins !

*

LE MIMOSA.

FLORIBONDS A TUE-TÊTE A DÉMENTIR VOS PLUMES
DÉFAITES D'UN BOSQUET OFFENSÉ JUSQU'AU CŒUR
PAR UNE AUTORITÉ TERRIBLE DE NOIRCEUR
L'AZUR NARINES BÉES INSPIRANT VOS ORACLES
PIAILLEZ VOUS PIAILLEZ D'OR GLORIOLEUX POUSSINS

Roanne, 1941.

LE CARNET
DU BOIS DE PINS

A mon ami disparu Michel Pontremoli.

LEUR ASSEMBLÉE

Leur assemblée ⤨ RECTIFIA *ces arbres*
De leur vivant ⤨ *à fournir du bois mort*

LE PLAISIR DES BOIS DE PINS

7 août 1940.

Le plaisir des bois de pins :

L'on y évolue à l'aise (parmi ces grands fûts dont l'apparence est entre le bronze et le caoutchouc). Ils sont bien débarrassés. De toutes les basses branches. Il n'y a point d'anarchie, de fouillis de lianes, d'encombre. L'on s'y assied, s'y étend à l'aise. Il règne un tapis partout. De rares rochers les meublent, quelques fleurs très basses. Il y règne une atmosphère réputée saine, un parfum discret et de bon goût, une musicalité vibrante mais douce et agréable.

Ces grands mâts violets, encore dans leur gangue de lichens et d'écorces ravinées, feuilletées.

Leurs branches se dépoilent et leurs troncs se décortiquent.

Ces grands fûts, tous d'une espèce parfaitement définie. Ces grands mâts nègres ou tout au moins créoles.

7 août 1940 — Après midi.

Évolutions à pied faciles entre ces grands mâts nègres ou tout au moins créoles, encortiqués encore et lichéneux jusques à mi-hauteur, graves comme le bronze, souples comme le caoutchouc.

*

(Je ne dirai pas *robuste* car cet adjectif revient plutôt à une autre espèce d'arbres.)

*

Point de fouillis de cordes ni de lianes, point de planches mais des tapis épais au sol.

*

Robuste revient à une autre sorte d'arbres, mais le pin *l*'est pourtant, bien que plus qu'aucun autre il plie et ne rompe pas...

*

Une hampe et un cône et des pommes coniques.

8 août 1940.

Parmi la profusion... Au pied de ces grands mâts nègres ou tout au moins créoles, aucun imbroglio, nulle gêne de lianes ni de cordes, nulles planches lavées au sol, mais un tapis épais.

Du pied à mi-hauteur frisés et lichéneux...

*

Aucun serpentement de lianes ou de cordes qui gêne le promeneur parmi la profusion de ces grands mâts nègres ou créoles, du pied jusqu'à mi-hauteur encore tout lichéneux.

*

Débarrassés (jusqu'à mi-hauteur) de leurs branches, à la fois par leur propre souci exclusivement du faîte vert (du cône vert à leur faîte) et par la sérieuse obscurité concertée dans leur foule...

C'est ainsi que les oiseaux eux-mêmes sont relégués dans les hauteurs.

*

C'est merveilleux, ces tapis de jade, dans ces régions d'où il eût semblé que tout intérêt végétal se désaffectât, où toutes les branches basses s'abattirent mortes en masse.

*

Le pin n'est-il pas l'arbre qui fait le plus de bois mort? Qui désaffecte le plus grand nombre de ses membres, la plus grande partie de lui-même, qui s'en désintéresse le plus totalement, lui retirant toute sève au seul profit du faîte (cône vert)? D'où cette odeur de sainteté qui règne aux parages des troncs...

Il ne flambe que par son faîte extrême : un peu comme une chandelle.

C'est un arbre fort odoriférant, et non pas seulement par sa fleur.

9 août 1940.

Cela relègue très haut et très doux les effets du vent, les oiseaux et les papillons eux-mêmes. Et le concert vibrant de myriades d'insectes.

*

D'aspect sénile, chenu comme la barbe des vieillards nègres.

*

On est très bien là-dessous, tandis qu'aux faîtes il se passe quelque chose de très doucement balancé et musical, de très doucement vibrant.

*

Il faut qu'à travers tous ces développements (au fur et à mesure caducs, qu'importe) la hampe du pin persiste et s'aperçoive.

*

Tels mâts du pied jusques à mi-hauteur
Tout frisés, lichéneux comme un vieillard créole,
Sans nulle gêne entre eux de lianes ou de cordes,
{ (Sans planche lisse au sol)
{ Sans planches lavées au sol mais des tapis épais,
Et portant au ciel des { (coiffures)
{ chapeaux coniques et verts
Que traverse le vent, qui tamisent la lumière...
Non des voiles tendues, mais quelques
fruits serrés
Comme des ananas...

9 août 1940 — Le soir.

Non!

Décidément, il faut que je revienne *au plaisir du bois de pins.*

De quoi est-il fait, ce plaisir? — Principalement de ceci : le bois de pins est *une pièce de la nature*, faite d'arbres tous d'une espèce nettement définie; pièce bien délimitée, généralement assez déserte, où l'on trouve abri contre le soleil, contre le vent, contre la visibilité; mais abri non absolu, non par isolement. Non! C'est un abri relatif. Un abri non cachottier, un abri non mesquin, un abri noble.

C'est un endroit aussi (ceci est particulier aux bois *de pins*) où l'on évolue à l'aise, sans taillis, sans branchages à hauteur d'homme, où l'on peut s'étendre à sec, et sans mollesse, mais assez confortablement.

Chaque bois de pins est comme un sanatorium naturel, aussi un salon de musique... une chambre, une vaste cathédrale de méditation (une cathédrale sans chaire, par bonheur) ouverte à tous les vents, mais par tant de portes que c'est comme si elles étaient fermées. Car ils y hésitent.

*

O respectables colonnes, mâts séniles! Colonnes âgées, temple de la caducité.

*

Rien de riant, mais quel confort salubre, quelle températion des éléments, quel salon de musique sobrement parfumé, sobrement adorné, bien fait pour la promenade sérieuse et la méditation.

*

Tout y est fait, sans excès, pour laisser l'homme à lui seul. La végétation, l'animation y sont reléguées dans les hauteurs. Rien pour distraire le regard. Tout pour l'endormir, par cette multiplication de colonnes semblables. Point d'anecdotes. Tout y décourage la curiosité. Mais tout cela presque sans le vouloir, et *au milieu de la nature*, sans séparation tranchée, sans volonté d'isolation, sans grands gestes, sans heurts.

Par-ci, par-là, un rocher solitaire aggrave encore le caractère de cette solitude, force au sérieux.

*

O sanatorium naturel, cathédrale heureusement sans chaire, salon de musique où elle est si
{ discrète
{ douce et reléguée
dans les hauteurs (à la fois si sauvage et si délicate), salon de musique ou de méditation — lieu fait pour laisser l'homme seul au milieu de la nature, à ses pensées, à poursuivre une pensée...

... Pour te rendre ta politesse, pour imiter ta délicatesse, ton tact (instinctivement je suis ainsi) — je ne développerai à ton intérieur aucune pensée qui te soit étrangère, *c'est sur toi que je méditerai :*

« Temple de la caducité, etc. »

*

« Je crois que je commence à me

rendre compte du plaisir propre aux bois de pins. »

12 août 1940.

Une infinité de cloisonnements et de chicanes fait du bois de pins l'une des pièces de la nature les mieux combinées pour l'aise et la méditation des hommes.

Point de feuilles s'agitant. Mais au vent comme à la lumière tant de fines aiguilles sont opposées qu'il en résulte une températion et comme une défaite presque complète, un évanouissement des qualités offensives de ces éléments et une émanation de parfums puissants. La lumière, le vent lui-même y sont tamisés, filtrés, freinés, rendus bénins et à proprement parler inoffensifs. Alors que les bases des troncs sont parfaitement immobiles, les faîtes sont seulement balancés...

12 août 1940 — Le soir.

Le bois de pins est aussi une sorte de *hangar*, il est bâti comme un hangar, un préau, ou une halle (hall).

Mâts séniles coiffés de toupets coniques verdoyants. A propos de toupets, les *sapins* sont des toupies vert foncé (mais c'est une autre histoire).

*

Halle aux aiguilles odoriférantes, aux épingles à cheveux végétales, auditorium de myriades d'insectes, ô temple de la caducité (caducité des branches et des poils) dont les cintres — auditorium — solarium de myriades d'insectes — sont supportés par une forêt de mâts séniles tout frisés, lichéneux comme des vieillards créoles...

Lente fabrique de bois, de mâts, de *poteaux*, de perches, de poutres.

Forêt sans feuilles, odoriférante comme le peigne d'une rousse.

*

Vis-je, insecte, au milieu de la brosse ou du peigne odoriférant d'une géante...?

... Forêt dont les houppes se dépoilent.

*

Si les feuilles ressemblent à des plumes, les aiguilles de pins ressemblent plutôt à des poils.

*

Poils durs comme des dents de peigne.

Poils de brosse mais durs comme des dents de peigne.

Vis-je au milieu de la brosserie (brosse, peigne et cheveux) d'une odoriférante géante rousse... Et musique, vibrante aux cintres, de myriades d'insectes, million d'étincelles animales (pétillement)...?

... Tandis qu'un de ses fins mouchoirs flotte au ciel bleu par-dessus.

13 août 1940 — Matin.

Tâchons de nous résumer. Il y a :
L'aisance

a) *de la promenade :*
pas de basses branches

pas de hautes plantes
pas de lianes.
Tapis épais. Quelques rochers les meublent.

b) *et de la méditation :*
température de la lumière,
du vent.
Parfum discret.
Bruits, musique discrète.
Atmosphère saine.
Vie à la cantonade.
Doux accompagnement musical en sourdine.

Évolutions aisées, parmi tant de colonnes, d'un pas presque élastique, sur ces tapis épais faits d'épingles à cheveux végétales. Labyrinthe aisé.
Qu'on se promène à l'aise au milieu de ces colonnes, de ces arbres si bien débarrassés de leurs branches caduques !

13 août 1940 — Après midi.

Il se forme, grandit et épaissit incessamment sur le même type, en de nombreux endroits du monde, des bâtiments plus ou moins vastes dont je vais essayer de décrire un modèle :

Ils comportent un rez-de-chaussée très haut de plafond (quoique ce dernier terme soit impropre), et au-dessus une infinité d'étages, ou plutôt une charpente compliquée à l'extrême qui constitue étages supérieurs, plafond et toiture.

Pas plus de murs que de toit à proprement parler : ils tiennent plutôt de la halle ou du préau.

Une infinité de colonnes supportent cette absence de toiture.

17 août 1940.

J'ai relu les noms d'Apollinaire, Léon-Paul Fargue... et j'ai honte de l'académisme de ma vision : manque de ravissement, manque d'originalité. Ne rien porter au jour que ce que je suis seul à dire. — En ce qui concerne le bois de pins, je viens de relire mes notes. Peu de choses méritent d'être retenues. — Ce qui importe chez moi, c'est le sérieux avec lequel j'approche de l'objet, et d'autre part la très grande justesse de l'expression. Mais il faut que je me débarrasse d'une tendance à dire des choses plates et conventionnelles. Ce n'est vraiment pas la peine d'écrire si c'est pour cela.

Bois de pins, sortez de la mort, de la non-remarque, de la non-conscience!

Profusion à perte de vue, préau de colonnes, mâts séniles, coiffés en étages supérieurs et toit d'un million d'épingles vertes entrecroisées.

Et par terre une épaisseur élastique d'épingles à cheveux, soulevée parfois par la curiosité maladive et prudente des champignons.

*

Fabrique de bois mort. (J'entre dans cette importante fabrique de bois mort.) Ce qui est agréable là-dedans c'est la *parfaite sécheresse*. Qui assure vibrations et musicalité. Quelque chose de métallique. Présence d'insectes. Parfums.

Surgissez, bois de pins, surgissez dans

la parole. L'on ne vous connaît pas. — Donnez votre formule. — Ce n'est pas pour rien que vous avez été remarqués par F. Ponge...

18 août 1940.

Au mois d'août 1940 je suis entré dans la familiarité des bois de pins. A cette époque, ces sortes particulières de hangars, de préaux, de halles naturelles ont acquis leur chance de sortir du monde muet, de la mort, de la non-remarque, pour entrer dans celui de la parole, de l'utilisation par l'homme à ses fins morales, enfin dans le Logos, ou, si l'on préfère et pour parler par analogie, dans le Royaume de Dieu.

20 août 1940.

Ici, où se dresse une profusion relativement ordonnée de mâts séniles, coiffés de cônes verdoyants, ici, où le soleil et le vent sont tamisés par un infini entrecroisement d'aiguilles vertes, ici où le sol est couvert d'un épais tapis d'épingles à cheveux végétales : ici se fabrique lentement le bois. En série, industriellement, mais avec une lenteur majestueuse ici se fabrique le bois. Il se parfait en silence et avec une majestueuse lenteur et prudence. Avec une assurance et un succès certains aussi. Il y a des sous-produits : obscurité, méditation, parfum, etc., fagots de moindre qualité, pommes de pins (fruits serrés comme des ananas), aiguilles à cheveux végétales, mousses, fougères, myrtilles, champignons. Mais, à travers toutes sortes de développements l'un après l'autre caducs (et qu'importe), l'idée générale se poursuit et s'entrevoit la hampe, le mât : — la poutre, la planche.

Le pin (je ne serais pas éloigné de dire que) est l'idée élémentaire de l'arbre. C'est un I, une tige, et le reste importe peu. C'est pourquoi il fournit — de ses développements obligatoires selon l'horizontale — tant de bois mort. C'est que seule importe la tige, toute droite, élancée, naïve et ne divergeant pas de cet élan naïf et sans remords ni retouches ni repentirs. (Dans un élan sans repentir, tout simple et droit.)

Tout évolue aussi vers une parfaite sécheresse...

*

Pénétré-je dans la brosserie (brosses, peignes aux manches fins ciselés de lichens, épingles à cheveux) d'une gigantesque rousse, créole, parmi ces enchevêtrements, ces lourds parfums? Ces grosses pierres par-ci par-là, quittées sur la tablette de la coiffeuse? Oui certes, j'y suis et voilà qui ne manque pas de charme ni de sensualité. C'est une grande idée qu'un poète mineur se fût contenté de développer.

Mais pourquoi tant de branches mortes cherraient-elles, pourquoi ce massif dépouillement des troncs, et pourquoi en conséquence cette aisance de la promenade parmi eux, sans lianes, ni cordes, ni plancher lisse, ce tapis épais, cette obscurité méditative, ce silence? Parce que le pin n'est-il pas l'arbre qui fournit le plus de bois mort, qui se désintéresse le plus totalement de ses développements latéraux passés, etc.? Ainsi viens-je à une idée peut-être moins séduisante d'abord (moins reluisante, moins cosmétique), mais plus sérieuse et plus proche de la réalité de mon objet..., etc.

21 août 1940.

Parlons simplement : lorsqu'on pénètre dans un bois de pins, en été par grande chaleur, le plaisir qu'on éprouve ressemble beaucoup à celui que procurerait le petit salon de coiffure attenant à la salle de bains d'une sauvage mais noble créature. Brosserie odoriférante dans une atmosphère surchauffée et dans les vapeurs qui montent de la baignoire lacustre ou marine. Cieux comme des morceaux de miroirs à travers les brosses à longs manches fins tout ciselés de lichens. Odeur *sui generis* des cheveux, de leurs peignes et de leurs épingles. Transpiration naturelle et parfums hygiéniques mélangés. Laissées sur la tablette de la coiffeuse, de grosses pierres ornementales par-ci par-là, et dans les cintres ce pétillement animal, ce million d'étincelles animales, cette vibration musicale et chanteuse.

A la fois brosses et peignes. Brosses

dont chaque poil a la forme et le brillant d'une dent de peigne.

Pourquoi a-t-elle choisi des brosses à poils verts et à manches de bois violets tout ciselés de lichens vert-de-gris? Parce que cette noble sauvage est rousse peut-être, qui se trempera ensuite dans la baignoire lacustre ou marine voisine. C'est ici le salon de coiffure de Vénus, avec l'ampoule Phébus insérée dans la paroi de miroirs.

Voilà un tableau dont je ne suis pas mécontent, parce qu'il rend bien compte d'un plaisir que chaque homme éprouve lorsqu'il pénètre en août dans un bois de pins. Un poète mineur, voire un poète épique s'en contenterait peut-être. Mais nous sommes autre chose qu'un poète et nous avons autre chose à dire.

Si nous sommes entrés dans la familiarité de ces cabinets particuliers de la nature, s'ils en ont acquis la chance de naître à la parole, ce n'est pas seulement pour que nous rendions anthropomorphiquement compte de ce plaisir sensuel, c'est pour qu'il en résulte une co-naissance plus sérieuse.

Allons donc plus au fond.

FORMATION D'UN ABCÈS POÉTIQUE

22 août 1940.

L'hiver : Temple de la caducité.

Rongées de lichens les basses branches sont déchues. Et point d'encombre à mi-hauteur. Point de serpentement de lianes ni de cordes. L'on évolue à l'aise entre ces mâts séniles (tout frisés, lichéneux tels des vieillards créoles), dont les tignasses sont emmêlées dans les hauteurs.

En août : C'est, tout entourée de miroirs, une halle aux épingles à cheveux odoriférantes, soulevées parfois par la curiosité maladive et prudente des champignons ; une brosserie aux longs manches de bois pourpre ciselés, aux poils verts, choisie par la noble et sauvage rousse qui sort de la baignoire lacustre ou marine fumante au bas-côté.

Variante.

Temple de la caducité! *L'hiver*, rongées de lichens, les basses branches sont déchues. Et point d'encombre à mi-hauteur, point de serpentements de lianes, ni de cordes. L'on évolue à l'aise entre ces mâts séniles dont les tignasses ne s'entremêlent qu'aux cieux.

En août, c'est, tout entourée de miroirs, une halle aux épingles à cheveux odoriférantes (soulevées parfois après quelque pluie par la curiosité maladive et prudente des champignons) — une brosserie aux longs manches ciselés, aux poils verts, pour la flamboyante créature qui sort de la baignoire marine ou lacustre fumante au bas-côté.

24 août 1940.

Expressions simples et justes à retenir du bois de pins :

Lente fabrique de bois.

*

Le pin n'est-il pas l'arbre qui fournit le plus de bois mort?

*

Une épaisseur élastique au sol d'épingles à cheveux odoriférantes dont la sécheresse est soulevée parfois après quelque pluie par la curiosité maladive des champignons.

*

... Et point de feuilles s'agitant entre ces mâts séniles dont les toupets coniques s'entremêlent aux cieux.

*

Mots à chercher dans Littré :

(j'en suis à ce point) [1]

Caduc : qui est sur le point de tomber.

1. J'étais, à La Suchère, sans moyen de me procurer un Littré. Je notai donc seulement les mots à chercher. Ce que j'ai retenu des

Caducité : défaut de persistance d'une partie.

Fournaise : 1° grand feu ; 2° feu très ardent ; 3° par exagération, lieu très échauffé.

Cosmétique : même origine que *cosmos :* monde, ordre, parure.

Encombre : accident qui empêche, mais vient de *incombrum :* amas de *bois abattu* (voilà une confirmation magnifique).

Serpentement : vu.

Lichen : végétaux agames dont la vie est interrompue par la sécheresse.

Halle, halliers : vu.

Élastique : qui revient à sa première forme.

Champignon : qui vient dans les lieux champêtres *(étym.)*.

Brosserie : non. Brossailles. Broussailles.

Négligentes : de *nec legere*, ne pas prendre, ne pas cueillir. Convient mal.

définitions du Littré n'a été inscrit en face de ces mots que plusieurs semaines plus tard, vers la fin septembre.

*

C'est avant tout une lente fabrique de bois.

*

Il faut qu'à travers tous les développements latéraux successifs — au fur et à mesure lichéneux et caducs qu'importe (par superposition exagérée de lichens) — la hampe s'aperçoive, qui persiste à la faveur du seul et de plus en plus excelsior toupet conique qui dresse plusieurs fois sept candélabres aux cieux.

*

Hangar surchauffé
Antre cosmétique en été
Halle aux épingles à cheveux odoriférantes, où parmi toute sa brosserie à poils verts, à longs manches ciselés, sèche aussitôt la noble et sauvage rousse qui sort de la baignoire marine ou lacustre fumante au bas-côté.

*

Halle surchauffée en été, tout entourée de miroirs — où sur une épaisseur élastique au sol d'épingles à cheveux odoriférantes, parmi toute une brosserie aux longs manches de bois pourpre ciselés, aux poils verts, vient sécher aussitôt la noble et sauvage rousse qui sort de la baignoire marine ou lacustre fumante au bas-côté.

25-26 août 1940.

Halle surchauffée en été. Halliers élémentaires tout entourés de miroirs. A la pénombre surchauffée d'une brosserie nombreuse aux poils verts, aux longs manches de bois pourpre ciselés, sèche aussitôt sur l'épaisseur élastique au sol d'épingles à cheveux odoriférantes toute forme qui sort de la baignoire marine ou lacustre fumante au bas-côté.

*

Le bois de pins.

Alpestre brosserie entourée de miroirs
Aux manches de bois pourpre haut touffus de poils verts
Dans ta pénombre chaude entachée de soleil
Vint se coiffer Vénus sortant de la baignoire
Ou marine ou lacustre au bas-côté fumante...
D'où l'épaisseur au sol élastique et vermeille
Des épingles à cheveux odoriférantes
Secouées là par tant de cimes négligentes
— Et mon plaisir aussi d'y goûter mon sommeil
Et cette écharpe oblique au tissu sans sommeil
... Flotte une oblique écharpe au tissu sans sommeil.

*

Variante.

L'alpestre brosserie — entourée de miroirs —
Aux manches de bois pourpre haut touffus de poils verts...
Sur l'épaisseur au sol élastique et vermeille
Des épingles à cheveux odoriférantes
Secouées là par tant de cimes négligentes,
Dans la pénombre chaude entachée de soleil
Sèche aussitôt la nue sortant de la baignoire
Ou marine ou lacustre au bas-côté fumante
Sous ces rubans tendus au tissu sans sommeil.

*

Autre.

La haute brosserie entourée de miroirs
Aux manches de bois pourpre aux touffes de poils verts.
Dans son peignoir, pénombre entachée de soleil,
Sèche aussitôt Vénus sortant de la baignoire
Ou marine ou lacustre au bas-côté fumante
Sur l'épaisseur au sol élastique et vermeille
Des épingles à cheveux odoriférantes
Secouées là par tant de têtes négligentes...

Flotte l'écharpe oblique au tissu sans sommeil.

*

Un aspect du bois de pins.

L'alpestre brosserie haut touffue de poils verts

Aux manches de bois pourpre entourés de miroirs...
Dans sa pénombre chaude entachée de soleil
Vint se coiffer Vénus sortant de la baignoire
Ou marine ou lacustre au bas-côté fumante.
D'où l'épaisseur au sol élastique et vermeille
Des épingles à cheveux odoriférantes
Secouées là par tant de cimes négligentes,

Var. { Et ces rubans tendus au tissu sans sommeil.
Et ces tissus de biais par mouches sans sommeil.

*

Variante.

La haute brosserie, entourée de miroirs,
Aux manches de bois pourpre haut touffus de poils verts...
Dans ces peignoirs faits d'ombre entachée de soleil,

Séchez, corps vaporeux issus de la baignoire
Ou marine ou lacustre au bas-côté fumante,
Sur l'épaisseur au sol élastique et vermeille
Des épingles à cheveux odoriférantes
Secouées là par tant de cimes négligentes
Et parmi ces rubans au tissu sans sommeil.
Var. ces rubans obliques sans sommeil.
ces tissus obliques sans sommeil.

28 août 1940.

La haute brosserie entourée de miroirs
Aux manches de bois pourpre haut touffus de poils verts...
Dans un peignoir fait d'ombre entachée de soleil
Vénus vint s'y coiffer sortant de la baignoire
Ou marine ou lacustre au bas-côté fumante...

D'où l'épaisseur au sol élastique et vermeille
Des épingles à cheveux odoriférantes
Secouées là par tant de cimes négligentes,

Et ces rubans { de biais au tissu sans sommeil.
Var. { tissus d'atomes sans sommeil.
Et ces flots de rubans au tissu sans sommeil.

*

Variante.

La haute brosserie haut touffue de poils verts
Aux manches ciselés entourés de miroirs...
Vénus s'y coiffa-t-elle issue de la baignoire
Ou marine ou lacustre au bas-côté fumante?
Reste, sur l'épaisseur élastique et vermeille
Des épingles à cheveux odoriférantes

Secouées là par tant de cimes négligentes,
Un peignoir de pénombre entaché de soleil,
Obliquement tissu d'atomes sans sommeil.

*

Autre.

L'antique brosserie, haut touffue de poils verts,
Aux manches ciselés entourés de miroirs...
Dans un peignoir fait d'ombre entaché de soleil,
Vénus s'y escamote, issue de la baignoire
Ou marine ou lacustre au bas-côté fumante.
Il ne reste, au tapis élastique et vermeil
Des épingles à cheveux odoriférantes
Secouées là par tant de cimes négligentes,
Que des rubans tissus d'atomes sans sommeil.

*

Autre.

Toute une brosserie haut touffue de poils
verts
Aux manches de bois pourpre entourés
de miroirs
Escamote une forme issue de la bai-
gnoire
Ou marine ou lacustre au bas-côté fu-
mante
Qui ne laisse au tapis élastique et ver-
meil
Des épingles à cheveux odoriférantes
Secouées là par tant de cimes négli-
gentes
Qu'un peignoir de pénombre entachée
de soleil
Obliquement tissu d'atomes sans som-
meil.

*

Autre.

L'alpestre brosserie haut touffue de poils verts
Aux manches de bois pourpre entourés de miroirs :
Vénus s'y coiffa-t-elle, issue de la baignoire
Ou marine ou lacustre au bas-côté fumante?
— Il reste un peignoir d'ombre entachée de soleil
Sur l'épaisseur au sol élastique et vermeille
Des épingles à cheveux odoriférantes
Secouées là par tant de cimes négligentes,
Et des rubans tissus d'atomes sans sommeil.

*

Autre.

L'alpestre brosserie haut touffue de poils verts
Aux manches de bois pourpre entourés de miroirs.
Du corps étincelant sorti de la baignoire
Ou marine ou lacustre au bas-côté fumante,
Sur l'épaisseur au sol élastique et vermeille
Des épingles à cheveux odoriférantes
Secouées là par tant de cimes négligentes,
Il reste un peignoir d'ombre entachée de soleil
Obliquement tissu d'atomes sans sommeil.

*

Autre.

Dans cette brosserie haut touffue de poils verts

Aux manches de bois pourpre entourés de miroirs,
De vous, corps radieux issu de la baignoire
Ou marine ou lacustre au bas-côté fumante,
Il ne reste au tapis élastique et vermeil
Des épingles à cheveux odoriférantes
Secouées là par tant de cimes négligentes,
Qu'un peignoir de pénombre entachée de soleil
Obliquement tissu d'atomes sans sommeil.

31 août 1940.

Le soleil dans le bois de pins.

L'alpestre brosserie aux touffes de poils verts,
Aux manches de bois pourpre entourés de miroirs...
Que Phœbus s'y présente, issu de la baignoire
Ou marine ou lacustre au bas-côté fumante,

Il n'en reste — au tapis élastique et vermeil
Des épingles à cheveux odoriférantes
Secouées là par tant de cimes négligentes —
Qu'un peignoir de pénombre entachée de soleil

Var. { Obliquement tissu d'atomes sans sommeil
Constamment traversé de mouches sans sommeil. }

*

(Var.)
Que pénombre habitée d'atomes de soleil
Fréquemment traversée de mouches sans sommeil.

*

Variante.

Par cette brosserie aux touffes de poils verts,
Aux manches ciselés entourés de miroirs,

Var. { De tout corps radieux
Du flamboiement divin issu de la baignoire }
Ou marine ou lacustre au bas-côté fumante

Sur l'épaisseur au sol élastique et vermeille
Des épingles à cheveux odoriférantes
Secouées là par tant de cimes négligentes

Ne reste que pénombre entachée de soleil
Et des rubans tissus d'atomes sans sommeil.

*

Du soleil dans un bois de pins.

Dans une brosserie haut touffue de poils verts
Aux manches de bois pourpre entourés de miroirs
Qu'un corps radieux pénètre issu de la baignoire
Ou marine ou lacustre au bas-côté fumante

Il n'en reste tissu de mouches sans sommeil
Sur l'épaisseur au sol élastique et vermeille
Des épingles à cheveux odoriférantes
Secouées là par tant de cimes négligentes
Qu'un peignoir de pénombre entachée de soleil.

*

Les mouches plaintives
ou le soleil dans les bois de pins.

Par cette brosserie haut touffue de poils verts
Aux manches de bois pourpre entourés de miroirs
Qu'un corps radieux pénètre issu de la baignoire
Ou marine ou lacustre au bas-côté fumante
Rien n'en reste au rapport de mouches sans sommeil
Sur l'épaisseur au sol élastique et vermeille
Des épingles à cheveux odoriférantes

Secouées là par tant de cimes négligentes
Qu'un peignoir de pénombre entachée de soleil.

Francis Ponge,
La Suchère, août 1940.

★

Variante.

Vers 3e : Du corps étincelant sorti de la baignoire
Vers 5e : Rien ne reste...

2 septembre 1940.

NOTA BENE

Si l'on adopte cette variante, et tenant compte que les distiques PA et DO et le triolet SDS sont indéformables, leur ordre et celui des vers R et Q deviennent à volonté interchangeables, Q devant toutefois être toujours placé après R.

*

Voici les éléments indéformables :

1 Par cette brosserie haut touffue de
poils verts
Aux manches de bois pourpre entou-
rés de miroirs

2 Du corps étincelant sorti de la bai-
gnoire
Ou marine ou lacustre au bas-côté
fumante

3 Rien ne reste au rapport de mou-
ches sans sommeil
Sur l'épaisseur au sol élastique et
vermeille

4 Des épingles à cheveux odorifé-
rantes
Secouées là par tant de cimes négli-
gentes

5 Qu'un peignoir de pénombre enta-
chée de soleil.

On pourra dès lors disposer ces éléments *ad libitum* comme suit :

1 2 3 4 5	1 4 2 3 5
1 2 4 3 5	1 4 3 2 5
1 2 3 5 4	1 4 3 5 2
1 3 2 4 5	
1 3 5 4 2	2 3 4 5 1
1 3 4 2 5	2 4 3 5 1
1 3 2 5 4	
1 3 5 2 4	2 3 1 4 5
1 3 4 5 2	etc.

Toutefois la suite 4-1 est à déconseiller (*par* tant de cimes négligentes *par* cette brosserie...)

Tout cela n'est pas sérieux. Qu'ai-je gagné pendant ces quinze pages (pp. 119 à 141) et ces dix jours? — Pas grand-chose pour la peine que je me suis donnée.

Seulement ceci :

1° que le bois de pins est comme entouré de miroirs, de glaces (mais cela est noté déjà page 117);

2° l'expression *haut touffue* qui est juste;

3° que les épingles à cheveux sont « secouées là par tant de cimes négligentes », ce qui est assez joli, rend assez bien compte du balancement paresseux des sommets des pins — mais il me va falloir chercher *négligent* dans le *Littré...;*

4° l'image du peignoir, le mot de

peignoir qui est juste en parlant de Vénus, car c'est le vêtement qu'on met sur ses épaules avant de se peigner;

5° *entaché*, qui est très juste parlant d'une ombre entachée de soleil, car cela contient un sens péjoratif, une indication d'imperfection du sujet qui est précieuse;

6° ET SURTOUT, l'idée, la prise de conscience de la réalité suivante : du soleil à travers le bois de pins il ne reste que de la pénombre, des rubans obliques tendus et des mouches sans sommeil.

Si je n'ai gagné que cela en dix jours de travail ininterrompu et *acharné* (je puis bien le dire), c'est donc que j'ai perdu mon temps. Je serais même tenté de dire, le temps du bois de pins. Car après une éternité d'inexpression dans le monde muet, il est pressé d'être exprimé maintenant que je lui en ai donné l'espoir, ou l'avant-goût.

Pourquoi ce dérèglement, ce déraillement, cet égarement? Je me suis, une fois de plus — après être parvenu au petit poème en prose des pages 119-120 — souvenu du mot de Paulhan :

« Désormais le poème en prose n'est plus pour toi » et j'ai voulu de ce poème en prose faire un poème en vers. Alors que j'aurais dû défaire ce poème en prose pour intégrer les éléments intéressants qu'il contenait dans mon rapport objectif *(sic)* sur le bois de pins.

Paulhan certes avait raison. Mais ici mon dessein n'est pas de faire un poème, mais d'avancer dans la connaissance et l'expression du bois de pins, d'y gagner moi-même quelque chose — au lieu de m'y casser la tête et d'y perdre mon temps comme j'ai fait.

NOTE

Il faut en passant que je note un problème à repenser quand j'en aurai le loisir : celui de la différence entre connaissance et expression (rapport et différence). C'est un grand problème, je m'en aperçois à l'instant. Petitement, voici ce que je veux dire : différence entre l'expression du concret, du visible, et la connaissance, ou l'expression de l'idée, de la qualité propre, différentielle, comparée du sujet. Pour me faire mieux comprendre : dans certains poèmes (tous ratés) : la grenouille, la danseuse, surtout l'oiseau, le guêpier, et ce dernier (le soleil dans le bois de pins), je fais de l'expressionnisme (?), c'est-à-dire que j'emploie après les avoir retrouvés les mots les plus justes pour décrire le sujet. Mais mon dessein est autre : c'est la connaissance du bois de pins, c'est-à-dire le dégagement de la qualité propre de ce bois, et sa *leçon* comme je disais. Cela me paraît être deux choses assez différentes, bien qu'ordinairement à la limite de perfection de l'une et de l'autre elles doivent se rejoindre...

Revenons donc au plus vite à notre recherche de *tout* ce que l'on peut dire à propos du bois de pins *et seulement* à son propos.

Ici il y a encore des distinguo :

Primo, il est évident que le bois ou la forêt ont une qualité propre et que je risque souvent de m'égarer en ce sens.

Mais là je ne m'égarerai pas gravement, car le bois *de pins* possède évidemment toutes les qualités du bois ou de la forêt en général, *plus* des qualités particulières en tant que bois de pins. Il suffit d'avoir pris conscience de cela pour ne point trop errer ensuite.

(Si j'erre d'ailleurs dans mon bois de pins, cela ne sera que demi-mal, cela sera même bien, car les bois sont évidemment des lieux propices à l'errement, ou à l'errance, il y a du labyrinthe dans tout bois.)

Secundo, il y a des qualités propres au pin, et des qualités particulières du pin en tant que partie d'un bois de pins. Le pin est différent selon qu'il vit isolé ou en société. Il est différent aussi selon qu'il est situé dans l'intérieur ou à la lisière du bois dont il fait partie. Et j'aime assez ces pins de l'orée, tenus à certains sacrifices dans leur partie tournée vers le bois, mais libres de leur développement dans leur partie face aux champs, au vide, au monde non boisé.

Il leur revient la fonction de border leur société, d'en cacher les arcanes, d'en cacher le dénuement intérieur (l'austérité, les sacrifices, les manques) par le développement de leurs parties basses :

il faut qu'ils soient moins sévères pour
leurs { expansions successives
développements successifs } que
le pin social (entièrement social). Il leur est permis de conserver la mémoire et l'exhibition de leurs anciens développements. Ils vivent même par ces bouts-là autant que par leurs sommets (oh que je m'exprime mal).

3 septembre 1940.

Si les individus de l'orée (orée ou lisière : termes à vérifier dans *Littré*) cachent assez bien l'intérieur aux regards de l'extérieur, ils ne cachent que très mal l'extérieur aux regards de l'intérieur. Ils se comportent à la façon de vitraux, ou mieux (car ils ne sont pas translucides) à la façon d'un vitrage d'étoffe, ou de pierre, ou de bois sculpté.

Lorsque le bois est suffisamment vaste ou épais, du cœur l'on n'aperçoit pas le ciel latéral, il faut avancer vers l'orée, jusqu'au point où le cloisonnement n'apparaît plus étanche à la vue. Voilà ce qui serait sublime réalisé dans une cathédrale : une forêt de colonnes telle que l'on arriverait progressivement à l'obscurité totale (crypte).

Et c'est pourtant bien à peu près cela qui est réalisé dans le bois, *bien qu'il n'y ait à la limite aucun mur*, que le monument par tous ses pores respire en pleine nature, mieux qu'un poumon, comme des branchies.

L'on pourrait même dire que ce devrait être là le critérium de l'achèvement, la borne de ce genre d'architecture : le point où l'obscurité totale serait réalisée, compte tenu par exemple qu'entre chaque colonne doit être ménagé un espace de *tant*, qui permette une promenade aisée, etc.

En somme, qu'est-ce qu'une forêt? — A la fois un monument et une société. (Comme un arbre est à la fois un être et une statue.) Un monument vivant, une société architecturale. Mais les arbres sont-ils des êtres sociaux? A remarquer que certains arbres sont plus que d'autres prédisposés à vivre en société. Par la lourdeur de leurs graines, ainsi peu transportables par le vent et destinées à tomber au pied du père ou à très peu de distance. Ainsi notamment la pomme de pin, le gland du chêne, tous les arbres à gros fruits : pommiers, orangers, poiriers, citronniers, abricotiers, amandiers, oliviers, dattiers.

D'autres y sont disposés par l'énorme quantité de fleurs, donc de graines, si bien qu'il en reste fatalement un certain nombre à leurs pieds : je pense aux acacias.

Les arbres à petites baies sont moins disposés à cela parce qu'évidemment ce sont les oiseaux qui sont chargés de leur dissémination : cerisiers, sorbiers, etc.

D'autres sont visiblement prédisposés à la vie plus ou moins solitaire par le caractère indubitablement éolien de leurs graines : notamment les érables (en couples).

En ce qui concerne notre pin, il est donc probablement par nature un arbre social. A quelle distance est projetée la graine au moment où la pomme de pin s'ouvre (le fait-elle brusquement comme le haricot des genêts voisins)? Cette distance, l'a-t-on seulement mesurée? Que résulte-t-il pour le pin de sa qualité d'arbre social? Dirons-nous des droits et des devoirs? Pourquoi pas?

Devoirs : celui de restreindre sa liberté de développement à celle de ses voisins; il y est d'ailleurs bien forcé par eux et il ne semble pas que la force de l'individu compte ici pour beaucoup, mais son âge évidemment beaucoup : il y a une priorité de l'âge, etc.

4 septembre 1940.

Chez le pin, il y a une abolition de ses expansions successives (chez le pin des bois spécialement), qui corrige heureusement, qui annule la malédiction habituelle aux végétaux : devoir vivre éternellement avec le poids de tous ses gestes depuis l'enfance. — A cet arbre plus qu'à d'autres il est permis de se séparer de ses développements anciens. Il a une permission d'oubli. Il est vrai que les développements suivants ressemblent beaucoup aux anciens caducs. Mais qu'à cela ne tienne. La joie est d'abolir et de recommencer. Et puis c'est toujours plus haut que cela se passe. Il semble qu'on ait gagné quelque chose.

9 septembre 1940.

Leur assemblée { rectifia / modifia } ces êtres qui, seuls, se seraient bellement tordus de désespoir ou d'ennui (ou d'extase), qui auraient supporté tout le poids de leurs gestes, ce qui aurait finalement constitué de très belles statues de héros douloureux. Mais leur assemblée les a délivrés de la malédiction végétale. Ils ont faculté d'abolir leurs expressions premières, permission d'oublier.

(La sujétion des parties au tout. Oui, mais quand chaque partie est un être, un individu : arbre, animal [homme], ou mot, ou phrase ou chapitre — alors cela devient dramatique!)

Leur assemblée aussi les protège du vent, du froid.

Seuls, c'eût été tout ou rien, ou peut-être successivement l'un puis l'autre : développement parfait jusqu'à un certain point — ou atrophie, empêchement de grandir du fait des éléments contraires.

En société le développement est normalisé, de plus cela crée quelque chose d'autre : *le bois.*

Quelques-uns ont pu penser que la solution optima serait d'élever les jeunes pins en pépinières, puis — sans d'ailleurs en sacrifier aucun — les repiquer de place en place pour que chacun prenne alors sa chance complète de développement.

Il faudrait cependant les avoir conservés en assemblée assez longtemps pour qu'ils aient acquis déjà la force et la rectitude du tronc.

Mais là une question du premier intérêt se pose.

Alors qu'en l'air les branches des pins se respectent mutuellement, se tiennent isolées, ne s'entremêlent pas vicieusement (voilà d'ailleurs qui est assez curieux, remarquable), en est-il de même dans la terre de leurs racines? Serait-il possible de dissocier par la base une forêt sans amputer dangereusement chaque individu? Qui le sait? Qui veut me répondre? Cela est nécessaire à la suite de ma recherche...

*

Mots cherchés après coup dans Littré :

Branches : bras (celtique).
Mère branche.
Ne pas s'attacher aux branches (à ce qui n'est pas l'essentiel)
Branche gourmande : celle qui prend trop de place.
Branches de charpente : celles qui constituent la forme de l'arbre et portent les petites branches et les fruitières.
Proverbe : « Il vaut mieux se tenir au gros de l'arbre qu'aux branches. »

Branchu : qui a beaucoup de branches.
Une idée branchue est qui offre deux branches, deux alternatives.
« Croyez-vous que cette idée branchue et affreuse de l'une ou l'autre de ses branches... » *(Saint-Simon.)*

Halle : 1° place publique généralement couverte; 2° bâtiment ouvert à tous les vents. *Étym. : Halla,* temple (all.).
Il paraît y avoir eu confusion dans l'ancien français entre halle et le latin *aula* (cour).

Hallier : réunion de buissons fort épais (Buffon dit : lieux anciennement défrichés et qui ne sont couverts que de petites broussailles). Bas latin : *hasla :* branche.

Hangar : remise ouverte de différents côtés et destinée à recevoir les outils. De *angaros :* courrier (*ange*, mot persan). Lieux où s'arrêtaient les courriers (ou les anges !).

Fournilles : ramilles et branchages provenant de la coupe des taillis ou gaulis et propres à chauffer les fours.

Gaulis : branches d'un taillis qu'on a laissé croître. Branches qui arrêtent les chasseurs courant dans l'épaisseur des bois.

Touffe, touffu : vu.

Cimes : de *cuma*, tendron, de κῦω : être gonflé par ce qui est engendré (la jeune pousse).

Peignoir : oui, manteau qu'on met pour se peigner.

Taché : vu.

Entaché : peut se prendre dans un sens favorable, vu que tache se dit de qualités.

Pénombre : 1° terme d'astronomie; 2° demi-jour en général.

Bois : 1° ce qui est placé sous l'aubier; 2° réunion d'arbres.

Forêt : de *foresta*, terrain prohibé (étranger) à la culture.

Futaie : forêt de grands arbres (voir ci-après). Futaie s'oppose à taillis. Terme courant en vieux français : clères futaies.

Taillis : vu.

Pin : rien de spécial. La pigne, ou pistache. Pignon.

Conifère : oui, vu : qui a des fruits en forme de cônes.

Lisière : de *liste*, bordure.

Orée : de *ora*, bords (cela vieillit).

Expansion : épanchement, de *expandere :* déploiement.

Vitrage : vu.

Vitrail : vu.

Rideaux : vu.

Chicane : vu.

Branchie : non, n'a pas la même étymologie que branches.

Rectifier : vu.

Conidie : poussière qui recouvre les lichens, de κόνις.

Préau : tout à fait impropre, vient de *pré*. Serait juste pour la clairière et non pour le bois.

Thalle : vu.

Orseille : sorte de lichen, du nom de qui l'a classé.

*

Un bois de 40 ans se nomme futaie sur taillis.

Un bois de 40 à 60 ans se nomme demi-futaie.

Un bois de 60 à 120 ans se nomme jeune haute futaie.

Un bois de 120 à 200 ans se nomme haute futaie.

Un bois de plus de 200 ans se nomme haute futaie sur le retour.

Et donc, tout ce petit opuscule n'est qu'(à peine) une « futaie sur taillis ».

FIN DU BOIS DE PINS

A PARTIR D'ICI L'ON SORT

DANS LA CAMPAGNE

APPENDICE
AU « CARNET DU BOIS DE PINS »

I. PAGES BIS

Le texte qui précède fut écrit, à partir du 7 août 1940, dans un bois près de La Suchère, hameau de la Haute-Loire où l'auteur, après un mois et demi d'exode sur les routes de France, venait de retrouver sa famille. L'auteur demeura près de deux mois à La Suchère, mais sur ce même carnet de poche qui constituait alors tout son stock de papier, *rien* ne se trouva écrit que ce texte et les quelques notes qu'on va lire, paginées *bis* aux dates indiquées.

6 août 1940.

« Ce que j'aurais envie de lire » : tel pourrait être le titre, telle la définition de ce que j'écrirai.

Privé de lecture depuis plusieurs semaines et mois, je commence à avoir envie de lire.

Eh bien! C'est ce que j'aurais envie de lire qu'il me faut écrire (justement, pas trop ceci...).

Mais, si je m'ausculte un peu plus attentivement : ce n'est pas seulement de lecture que je me trouve avoir envie ou besoin; aussi de peinture, aussi de musique (moins). Il me faut donc écrire de façon à satisfaire ce complexe de besoins.

Il me faut garder cette image constamment présente à mon esprit : mon livre, seul (par force), sur une table : que j'aie envie de l'ouvrir et d'y lire (quelques pages seulement) — et de m'y remettre le lendemain.

20 août 1940.

Que de choses j'aurais à écrire, si j'étais un simple écrivain..., et peut-être le devrais-je.

Le récit de ce long mois d'aventures depuis mon départ de Rouen jusqu'à la fin de l'exode et mon arrivée au Chambon; aujourd'hui (par exemple), la relation de ma conversation avec Jacques Babut; chaque jour, celle de mes promenades et méditations, ou d'autres conversations semblables ou différentes; la peinture des gens qui m'entourent, qui traversent ma vie et à qui j'ai prêté attention à quelque titre; mes réflexions sur la situation politique de la France et du monde en un moment historique si important; celles sur notre propre situation, notre incertitude du lendemain...

Mais quelque défaut m'en empêche, qui n'est pas seulement paresse ou peur de la difficulté : il me semble que je ne pourrais m'intéresser exclusivement, comme il le faudrait pourtant, et successivement à aucun de ces sujets. Il me semble qu'à entreprendre l'un d'eux j'aurais aussitôt le sentiment qu'il n'est pas essentiel, que j'y perds mon temps.

Et c'est au « bois de pins » que je reviens d'instinct, au sujet qui m'intéresse entièrement, qui accapare ma personnalité, qui me fait jouer tout entier. Voilà un de ces seuls sujets où je me donne (ou perde) tout entier : un peu comme un savant à sa recherche particulière.

Ce n'est pas de la relation, du récit, de la description, mais de la *conquête.*

Plus tard, le même jour.

Quelque chose d'important (à retenir) dans ma conversation d'aujourd'hui avec Jacques Babut, le pasteur.

Nous étions déjà parvenus au-delà du point où nos doctrines se séparent : la mienne faisant confiance à l'homme, la sienne lui refusant à jamais toute confiance.

Nous parlions de ce qu'il appelle le Royaume de Dieu, et moi, d'un autre nom. Et il me disait que la Rédemption, d'après les Écritures, ne serait parfaite pour chaque homme que lorsque ce Royaume serait advenu (cela cadre assez bien avec notre propre théorie)... « Mais encore, me disait-il, faut-il que ce Royaume vienne universellement, non seulement chez les hommes, mais chez les choses... » et il me citait, je crois bien, saint Paul.

— Oui, les choses dans l'esprit de l'homme, répliquai-je en incidente.

Et plus tard, décrivant l'homme nouveau de mes propres rêves, je lui disais que sans doute cet homme aurait la faculté de se poser beaucoup plus librement les problèmes essentiels, celui du mystère ambiant, celui de la parole aussi, qui m'intéresse particulièrement (ajoutai-je).

De ces instants de notre conversation date un pas nouveau dans ma « pensée ».

Je commence à percevoir un peu clairement comment se rejoignent en moi les deux éléments premiers de ma personnalité (?) : le poétique et le politique.

Certainement, la rédemption des choses (dans l'esprit de l'homme) ne sera pleinement possible que lorsque la rédemption de l'homme sera un fait accompli. Et il m'est compréhensible maintenant pourquoi je travaille en même temps à préparer l'une et l'autre.

... La naissance au monde humain des choses les plus simples, leur prise de possession par l'esprit de l'homme, l'acquisition des qualités correspondantes — un monde nouveau où les hommes, à la fois, et les choses connaîtront des rapports harmonieux : voilà mon but poétique et politique. « Cela vous paraîtrait-il encore fumeux... » (Il faudra que j'y revienne.)

II. CORRESPONDANCE

Le manuscrit du *Carnet du Bois de Pins*, abandonné le 9 septembre 1940, fut, vers le début de l'année suivante, confié par l'auteur à l'un de ses amis, M. P., habitant alors Marseille, qui voulut le taper à la machine à écrire. Une copie en fut bientôt remise à un autre ami, G. A., lequel, en relations avec les milieux littéraires de la zone « libre », s'était enquis de la production récente de l'auteur. G. A. ayant lu ce texte, il s'en ensuivit la correspondance ci-après.

De G. A. a l'auteur.

Marseille, le 7 mars 1941.

... Mes articles du *Figaro* ont excité une bande de jeunes poètes qui me regardent de travers... Mais je n'ai pas fini : j'ai donné au *Jour* un article sur le « métier de poète » qui fera grincer les dents des inspirés. Je te l'enverrai... Et j'en ai préparé un autre sur l'inspiration mise à poil.

Tout cela m'amène naturellement (y compris le poil) à ton bois de pins. Inutile — si, utile — de te dire que je trouve cela profondément passionnant... Je ne peux m'empêcher cependant de déplorer que ton « héroïsme » devant le problème de l'expression ait pour résultat de t'amener malgré tout devant une espèce d'impasse. Car l'aboutissement de tes efforts risque trop d'être une perfection quasi scientifique qui, à force d'avoir été purifiée, tend à l'assemblage de matériaux interchangeables. Chaque chose en soi, rigoureusement spécifique et aboutie, est excellente. Le total devient une marqueterie. Tu vois ce que je veux dire, même mal dit.

La chimère, c'est de vouloir restituer intégralement l'objet. Tu n'arriveras jamais qu'à donner une idée, un moment, d'*un* objet. (Et peut-être même si tu choisis, au lieu d'un bois de pins, frémissant, évolutif, un objet en apparence aussi fixe que le galet, qui est quand même un organisme infiniment changeant.)

As-tu refait « l'expérience » du bois de pins en hiver, au printemps? As-tu songé que tes pins sont pins des régions où tu as vécu? Le pin rigide à long fût vertical (pareil à celui que l'on nomme *pariccio* dans les forêts des montagnes corses, et dont on fait les mâts de navires), mais qu'il n'a rien de commun avec le bois de pins maritimes de mes rivages — tordus, tourmentés — ni avec les pins parasols majestueux et volontiers solitaires — ni avec les pins légers, dessinés au crayon, des régions terriennes de la Provence ou de l'Attique?

Au lieu de « momentanéiser » l'éternité de la chose en soi (Dieu lui-même le pourrait-il, ô orgueilleux Francis qui as ce cri sublime sur ce que les pins te doivent pour avoir été remarqués par toi?), je crois que l'artiste ne peut pas prétendre à mieux que d'éterniser le moment conjoint de la chose et de lui.

Humilité? Sans doute. Mais non sans grandeur, et qui recouvre déjà une assez forte ambition.

Tout ceci sur le fond de ta recherche. Mais l'exposé, la révélation de la méthode, encore un coup me passionne...

... Nous nous retrouvons ici! Te rappelles-tu la plaquette *Poèmes en commun* que je publiai jadis avec C.S.? C'était déjà un essai de ce genre *(mutatis mutandis)*. J'y faisais allusion à un travail que je n'ai jamais publié, que j'ai toujours, inédit : *Genèse d'un Poème*.

Ce que tu as fait, avant et pendant, pas à pas, mot à mot, pour *Le Bois de Pins* (à la manière un peu du *Journal des Faux Monnayeurs* pour le roman), je l'ai fait, après, rétrospectivement, pour la *Ballade du Dee-Why* (qui est dans *Antée*) — à la manière des commentaires de Dante pour les sonnets de la *Vita Nova*, ou de Poe pour *Le Corbeau*, etc.

Je crois qu'il y a là deux tentatives parentes; chacune à sa manière jette des lumières étonnantes sur les voies de l'imagination créatrice. Si l'on pouvait décider quelque revue à les réunir dans une espèce de numéro spécial qui pourrait s'appeler *Naissance du Poème*, par exemple, avec une introduction, un

« chapeau » (et précisément, ô mystérieuse corrélation, mon article sur l'inspiration mise à poil a pour objet de préconiser les examens de ce genre), je crois que ce pourrait être extrêmement intéressant.

Qu'en penses-tu?

G. A.

De l'auteur a M. P.

Roanne, le 16 mars 1941.

... Sans doute ai-je l'esprit dérangé par le printemps : la proposition que j'ai reçue de G. A. concernant *Le Bois de Pins* m'a comme affolé. Je t'envoie sa lettre. Je ne m'attendais vraiment pas à une telle utilisation de ce pauvre texte. Il est des moments où je me sens tout à fait hérissé (défensivement) à l'idée d'être *expliqué;* d'autres où ça retombe, et où je me sens découragé, capable de laisser faire...

Non! G. A. n'a pas compris (évidemment) qu'il s'agit, au coin de ce bois, bien moins de la naissance d'un poème que d'une *tentative* (bien loin d'être réussie) *d'assassinat d'un poème par son objet.*

Puis-je me prêter à un tel contresens? Honnêtement, je ne le crois pas.

Note qu'à part cela, je suis d'accord sur la *marqueterie* (s'agissant d'une salle de bains, j'aurais peut-être préféré *mosaïque*).

Au cas où tu ne l'aurais pas lu, trouve ci-joint l'article de G. A. dans *Le Jour* de jeudi dernier.

F. P.

P.-S. (Deux heures après.) — Ci-joint projet de réponse. Si tu l'approuves, jette-le à la boîte. Merci. Sans omettre d'y joindre l'article du *Mémorial* aboutissant à Louis Le Cardonnel et Pierre de Nolhac.

De l'auteur à G. A.

Roanne, le 16 mars 1941.

J'ai lu ton article du *Jour* (ainsi nommé par antiphrase). Je te suis jusqu'au moment où ça devient (un peu vaguement à mon avis) positif.

Primo : Personnellement, quoi que tu en penses (peut-être) et quoi qu'en pensent la plupart des gens, je ne crois pas relever de ta critique car *je ne me veux pas poète.*

Secundo : Je tiens en tout cas que chaque écrivain « digne de ce nom » doit écrire *contre* tout ce qui a été écrit jusqu'à lui (*doit* dans le sens de *est forcé de*, *est obligé à*) — contre toutes les règles existantes notamment. C'est toujours comme cela, d'ailleurs, que se sont passées les choses; je parle des gens à tempérament.

Bien entendu, comme tu l'as bien saisi, je suis farouchement imbu de technique. Mais je suis partisan d'une technique par poète, et même, à la limite, d'une technique *par poème* — que déterminerait son objet.

Ainsi, pour *Le Bois de Pins*, si je me permets de le présenter ainsi, c'est que le pin n'est-il pas l'arbre qui fournit (de son vivant) *le plus de bois mort?...*

Comble de la préciosité? — Sans doute. Mais qu'y puis-je? Une fois qu'on a imaginé ce genre de difficultés, l'honneur veut qu'on ne s'y dérobe... (et puis, c'est très amusant).

*

Autre chose, à propos de ta série d'articles (mais ici je ne puis insister) : il me semble que proposer actuellement ce que j'appellerais des « mesures d'ordre » en poésie, c'est faire le jeu de ceux qui proclament : *primo :* « Jusqu'à présent il y a eu désordre », et *secundo :* « Nous sommes ceux qui mettent de l'ordre » : ce qui représente l'imposture fondamentale de ce temps... Non, vois-tu, en art (du moins) c'est, ce doit être la révolution, la terreur permanentes, et, en critique, c'est le moment de se taire, à défaut de pouvoir dénoncer les fausses valeurs qu'on prétend nous imposer. A ce propos, et pour te montrer *le danger*, je joins un article paru dans le *Mémorial de Saint-Étienne* le même jour que dans *Le Jour* le tien.

Ceci posé, tu feras pour le *Bois de Pins* exactement ce qui te paraîtra le meilleur. Tu saisis maintenant que, dans mon esprit, il ne s'y agit pas *du tout* de la naissance d'un poème mais plutôt d'un effort *contre* la « poésie ». Et non pas, bien entendu, en faveur du bois de pins (je ne suis pas tout à fait fou); mais en faveur de l'esprit, qui peut y gagner quelque leçon, y saisir quelque secret moral et logique (selon la « caractéristique » universelle, si tu veux).

F. P.

Le Bois de Pins *resta inédit. Mais voici encore un extrait d'une seconde lettre adressée par l'auteur à G. A., à propos du « métier poétique » :*

Roanne, le 22 juillet 1941.

... Qu'entends-tu donc par « métier poétique »? Pour moi, je suis de plus en plus convaincu que mon affaire est plus scientifique que poétique. Il s'agit d'aboutir à des formules claires, du genre : *Une maille rongée emporta tout l'ouvrage. Patience et longueur de temps*, etc.

J'ai besoin du magma poétique, *mais c'est pour m'en débarrasser.*

Je désire violemment (et patiemment)

en débarrasser l'esprit. C'est en ce sens que je me prétends combattant dans les rangs du parti des lumières, comme on disait au grand siècle (le XVIIIe). Il s'agit, une fois de plus, de cueillir le fruit défendu, n'en déplaise aux puissances d'ombre, à Dieu l'ignoble en particulier.

Beaucoup à dire sur l'obscurantisme dont nous sommes menacés, de Kierkegaard à Bergson et à Rosenberg...

Ce n'est pas pour rien que la bourgeoisie dans SON COMBAT au XXe siècle nous prône le retour au moyen âge.

Je n'ai pas assez de *religiöses Gemüt* pour accepter passivement cela. Toi non plus? — Bon...

Fidèlement à toi,

F. P.

FIN DE L'APPENDICE

AU

« CARNET DU BOIS DE PINS »

LA MOUNINE
OU
NOTE APRÈS COUP SUR UN CIEL DE PROVENCE

Pour Gabriel Audisio.

Cahier ouvert à Roanne le 3 mai 1941.

Il n'a fait jour résolument qu'aux Martigues.

A Port-de-Bouc aucune odeur.

L'homme de Saint-Dié assis en face de moi était agacé par le panache de la locomotive. Je le fus donc aussi.

Énormes graffiti à Marseille et dans sa banlieue.

*

Vers neuf heures du matin dans la campagne d'Aix, autorité terrible des ciels. Valeurs très foncées. Moins d'azur que de pétales de violettes bleues. Azur cendré. Impression tragique, quasi funèbre. Des urnes, des statues de bambini dans certains jardins; des fontaines à masques et volutes à certains carrefours aggravent cette impression, la rendent plus pathétique encore. Il y a de muettes implorations au ciel de se montrer moins fermé, de lâcher quelques gouttes de pluie, dans les urnes par exemple. Aucune réponse. C'est magnifique.

*

A Aix, trois fontaines moussues scintillent. La mousse est roussie. L'eau n'en jaillit que faiblement. Y brille en tresses molles et mobiles.

Il y a des rues entières d'hôtels de robe. Décor pour *Les Plaideurs*. Ressemblance d'Aix et de Caen. On se croirait dans une dépendance de la Bibliothèque Mazarine. L'absence totale d'automobiles favorise naturellement cette illusion.

*

Nuit du 10 au 11 mai.

Décidément, la chose la plus importante dans ce voyage fut la vision fugitive de la campagne de Provence au lieu dit « Les Trois Pigeons » ou « La

Mounine » pendant la montée en autocar de Marseille à Aix, entre huit heures trente et neuf heures du matin (sept heures trente à huit heures au soleil).

Campagne à végétation grise, avec du vert jaune d'émail perçant malgré tout, sous un ciel d'un bleu plombé (entre la pervenche et la mine de crayon), d'une immobilité, d'une autorité terribles, et ces urnes, ces statues de bambini, ces fontaines à volutes des carrefours constituant œuvres, signes, traces, preuves, indices, testaments, legs, héritages, marques de l'homme — et supplications au ciel.

Au fond, les lointains de Berre et des Martigues, sans vue de mer mais avec vue d'un grand viaduc.

De ce paysage il faut que je fasse conserve, que je le mette dans l'eau de chaux (c'est-à-dire que je l'isole, non de l'air ici, mais *du temps*).

Il ne me faut pas l'abîmer. Il faut que je le maintienne au jour. Pour que je le maintienne il faut d'abord que je le saisisse, que j'en lie en bouquet pouvant être tenu à la main et emporté avec moi les éléments sains (imputrescibles) et vraiment essentiels — que je le *com-prenne.*

*

(Le peintre Chabaud). Ce qui m'a frappé, c'est le bleu de lavande, l'atmosphère si « pesante » (ce n'est pas le mot), si fermée sur le paysage, gris et vert-jaune naissant. (Plus d'azote que d'H ou d'O?) Si cendrée, plombée : si bon repoussoir aux couleurs délicates, comme le miroir noir des peintres.

Cela était déjà impressionnant. Mais à la première apparition de statue selon la marche de l'autobus (urne, bambino ou fontaine), c'est devenu saisissant, beau à pleurer, tragique. Donc deux temps : 1° le paysage, 2° les statues.

*

Rien ne ressemble plus à la nuit que ce jour bleu cendres-là. C'est le jour de la mort, le jour de l'éternité. (Rapprocher mon émotion à Biot en 1924.) Il y a silence, mais moins silence qu'oreilles bouchées (tympan tout à coup convexe? par changement de pression?). Tambour voilé, trompettes bouchées, tout cela naturellement comme dans les marches funèbres. Quelque chose d'éclatant voilé, de splendide voilé, d'étincelant voilé, de radieux voilé.

Ce qui est curieux, c'est que la chose éclatante en question soit voilée par l'excès même de son éclat.

*

Rien ne ressemble plus à la nuit... C'est trop dire. Disons seulement : il a quelque chose de la nuit, il évoque la nuit, il n'est pas si différent de la nuit, il a une valeur de nuit, il a les valeurs de la nuit, il a la même valeur, les mêmes valeurs que la nuit, il vaut la nuit. Ce jour vaut la nuit, ce jour bleu cendres-là.

Comme un son éclatant vous assourdit, vous voile le tympan et dès lors vous ne l'entendez plus que comme à travers des épaisseurs de voiles, de liège, de coton — ne se peut-il qu'un soleil trop splendide dans une atmosphère trop sèche vous voile les yeux, d'où interposition de voiles funèbres? — Non. (Je me rappelle un petit matin avec mon père à Villeneuve-lès-Avignon près du château du roi René, un jour que d'abord nous avions été à la gare accompagner ma mère. J'avais moins de dix ans. — Ce jour vaut nuit, ce jour du roi René. Peut-être était-ce la première fois que je voyais le petit jour. Non ce n'était plus le petit jour, mais le grand matin. — Mais ce n'avait pas ce caractère accablant — accablant est trop dire.)

(Je me rappelle aussi : « Le volet bleu fermé d'un coup, il fait jour à l'intérieur. »)

*

Le ciel n'est qu'un immense pétale de violette bleue.

Et tout, là-dessous, les maisons, les routes, les oliviers, les arbres verts, les champs d'émail, tout est comme braise de couleurs variées, sur le point de s'éteindre, sur le point de renaître comme la braise cendreuse si l'on souffle dessus : des lueurs comme phosphorescentes, comme d'un feu intérieur (secret) qui n'irradie pas.

A certains endroits la cendre, à d'autres la braise (ce n'est pas tout à fait cela). Il ne faut à ces choses du paysage donner trop d'éclat, prêter trop d'éclat. Non, ce qui était *sur-tout*, presque uniquement remarquable, c'était l'appesantissement de lavande sur tout cela, à travers les branches en particulier, etc.

D'ailleurs le paysage est gris, généralement quelconque, noblement notarié (?). C'est le lieu, c'est la campagne du droit romain, abstrait, individuel et social (??). (La lavande est le parfum qui convient à la toile propre.)

*

11 au 12 mai.

Sur la campagne de Provence
règne un pétale de pervenche
Ce jour bleu de cendres vaut nuit
Qui pèse sur la Provence.

Aux environs d'Aix-en-Provence
Pétale de violettes bleues
Pervenche ou mine de crayon
Il y a du rose sous ce bleu
Toutes choses égales d'ailleurs
Parfaitement Monsieur Chabaud
L'a vu mieux que Monsieur Cézanne

Rose pervenche à mine de crayon
Il tient son ombre estompée dans son éclat même.
Son ombre est estompée dans son éclat même
L'ombre est estompée à l'intérieur des corps
Ainsi la mort dans la plus pure joie

Pétales de violettes bleues
Un azur à mine de plomb
affleure aux jardins de Provence
Ce jour de cendres-là vaut nuit
Le peintre Chabaud l'a bien vu
Son ombre dans son éclat
tient estompée

Le jour qui luit sur la Provence
est un azur à mine de plomb
Ce jour bleu de cendres-là vaut nuit

Le peintre Chabaud l'a bien vu
Son ombre dans son éclat
tient estompée
        Toute disséminée.
Tambours voilés, trompettes bouchées

Ce jour bleu de cendres-là vaut nuit
Son ombre à son éclat tient toute estompée
Il luit de jour sur la Provence
un azur à mine de plomb
Des cendres au lieu de gouttes y sont disséminées
Au lieu d'une vapeur imperceptible une imperceptible fumée
(mais stable, sans mouvement)
Des réseaux très fins de ténèbres y sont tendus
Un beau jour est aussi un météore
Il tient toute la nature sous le charme (la terreur) de son autorité.
Il tient toute la nature muette sous son autorité.
Tout cœur s'arrête de battre. (Seuls les stupides hannetons et les autobus continuent à ronfler et à se cogner.)

Qui ne voit ici que le ciel est fermé; l'immensité intersidérale est vue ici par transparence et c'est grandiose (aperçu sur l'infini). Ce ne sont que des gaz irrespirables. Comme à travers une eau claire les poissons au-dessus d'eux peuvent apercevoir l'atmosphère (ou l'imaginer), nous apercevons le milieu éthéré.

Certes, nous n'avions pas besoin de cela (de voir si évidemment le ciel fermé) pour juger que Dieu est une invention ignoble, une insinuation détestable, une proposition malhonnête, une tentative hélas trop réussie d'effondrement des consciences humaines — et que les hommes qui nous y inclinent sont des traîtres ou des imposteurs.

Ailleurs, la nature respire vers des cieux qui s'occupent d'autre chose, par exemple de voiturer les nuages. Ici, les cieux s'occupent décidément d'étouffer la nature. Il est clair, ici, que la nature étouffe.

Elle reste coite sous le ciel fermé, essaie pathétiquement de vivre. Les urnes, les statues se font ses interprètes, pour une supplication. Mais aucune réponse : c'est splendide.

*

12 au 13 mai.

Je n'arriverais pas à conquérir ce paysage, ce ciel de Provence? Ce serait trop fort! Que de mal il me donne! Par moments, il me semble que je ne l'ai pas assez vu, et je me dis qu'il faudrait que j'y retourne, comme un paysagiste revient à son motif à plusieurs reprises.

Pourtant, il s'agit de quelque chose de simple! Au lieu dit « La Mounine », entre Marseille et Aïx, un matin d'avril vers huit heures, à travers les vitres de l'autobus... eh bien qu'ai-je? Je ne parviens pas à continuer... Le ciel au-dessus des jardins (comme je levais les yeux vers la cime des arbres, et quoiqu'il fût pur de tout nuage) m'apparut tout mélangé d'ombre. Comme blâmé... Ciel blâmé... Tout mélangé d'ombre et de blâme (voir aussi blême)... Comme frappé de congestion...

Ce jour vaut nuit, ce jour bleu cendres-là
Il tient son ombre dans les serres de son éclat

Son ombre à son éclat tient toute estompée
Il tient son ombre dans son éclat estompée
Il pèse sur la Provence (pèse n'est pas le mot)
Il a sur elle l'autorité d'un miroir noir.
Paysage généralement quelconque
mais { incandescent
embrasé
Son ombre à son éclat mêlée comme par une estompe.

*

— La plus fluide des encres à style est-elle vraiment la bleue noire?

*

Azur à mine de plomb
ce gaz lourd résulte en vase clos
d'une explosion de pétales de violettes bleues.

Ce jour vaut nuit, ce jour bleu cendres-là
Son ombre tient toute dans les griffes de son éclat
Une estompe les a mêlées.

Il a sur la Provence
— paysage généralement quelconque mais incandescent —
l'autorité du miroir noir des peintres.

Et puisque nous parlons des peintres
disons que Monsieur Chabaud, toutes choses égales d'ailleurs,
l'a mieux vu que le grand Cézanne.

A mieux rendu cette tragique permanence,
ce tragique encrage de la situation.

Quel poulpe a soupiré son envie aux cieux?
Gros cœur, s'est épanché?

Quel compte-gouttes a vidé son cœur gros?

Un poulpe a-t-il reculé
dans les cieux de Provence?
Ou l'air ici résulte-t-il
de l'explosion en vase clos
d'un pétale de violette bleue?

*

Ce jour vaut nuit ce jour bleu cendres-là
Il tient son ombre dans (les serres de) son éclat
Les tempes des maisons sont serrées aussi
Congestion de l'azur
Quel gros cœur de poulpe reculant dans le ciel
s'est vidé, provoquant ce tragique
encrage de la situation?

Occlusion, congestion, syncope.

*

Le temps est celui que les couleurs ont mis pour « passer ».
Sous l'effort de la lumière
Le cœur est serré par l'angoisse de l'éternité
et de la mort
Il s'arrête de battre (non, mauvais)
Paralysie, syncope?
Immobilité
Silence.

Phosphorescence printanière
Contraction du paysage généralement quelconque.

*

Blême: très pâle, plus que pâle (?). Étym. : de l'ancien scandinave *blâmi*, couleur bleue, de *blâ*, bleu (voy. Bleu).
Blâme: 1° Expression de l'opinion, du jugement par lequel on trouve quelque chose de mauvais dans les personnes ou les choses. 2° Reproche, tache (de *blasphemare*).
Congestion: de *congerere:* amasser.
Estompé: de *stumpf*, émoussé.
Incandescence : devenir blanc. *Luminescence:* n'existe pas au *Littré*.

*

10 juin.

Je me suis demandé ce soir, quand je ne dormais encore qu'à demi (maintenant c'est aux trois quarts) :

1° S'il ne serait pas plus « fidèle »

d'écrire à partir de l'autobus où je me trouvais quand je ressentis ce paysage (plus fidèle et plus réussissable...).

2° Plus tard... mais était-ce en songe? cela m'échappe!... je ressentis très fortement la difficulté du sujet, mon mérite, et le peu de chances que je possède de réussir à le traiter.

*

10 au 30 juin 1941.

Cette étude devrait-elle être très longue encore (elle peut aussi bien durer des années...), ne jamais me laisser entraîner à oublier ce de quoi il s'agit pour moi, simplement — de rendre compte :

1° L'autobus avançait (cinématique):

2° L'autorité du ciel sur le paysage

a) le ciel

b) le paysage

m'avait fortement surpris, ému, intrigué.

3° Quand apparurent les statues, les urnes, mon émotion tout à coup fut décuplée : il y eut sanglot.

*

L'autobus (autocar) — (autocar de Marseille à Aix) — (au lieu dit « La Mounine », ou à celui des « Trois Pigeons », ou à celui des « Frères Gris ») avançait (assez lentement il est vrai, cela montait).

J'étais contre la vitre (fermée) tassé, passant inaperçu (inaperçu de moi-même (?). L'heure importe : huit heures du matin fin avril.

... *Mais* (à vrai dire) l'avance de l'autobus ne m'a été sensible qu'au moment où les statues, les urnes apparurent.

Peut-être devrais-je donc intervertir 1° et 2° ? — Oui, il le faut.

Indispensable aussi de rapprocher cela de mon émotion à Biot et de celle à Craponne-sur-Arzon (sanglots). Peut-être de celle au Vieux-Colombier (ou à la lecture) quand le staretz Zossima s'agenouille devant Dimitri Karamazov ; et encore dans *Les Misérables* quand Mgr Machin s'agenouille devant le vieux conventionnel (peut-être mais pas sûr).

— Ces deux derniers sanglots-là, ce fut devant le coup de théâtre noble de la justice rendue, réparation donnée. — Les autres, ce fut devant le tragique des paysages, la fatalité naturelle (météorologique) (à noter que toujours *les ciels*) (et aussi toujours la cinématique; à Biot l'express : changement de décor tout à coup; à Craponne ce fut en me retournant à moto).

A Craponne il y avait de l'humain, comme à La Mounine (ici statues et urnes, là clochers et tours de châteaux, et toits de villages). A Biot, non, c'était tout « naturel » : la mer seule.

La vue d'un Cézanne un jour *(Les Joueurs de Cartes?) :* noblesse de l'effort suppléant au manque de moyens (?); et modestie certaine.

La modestie des statues (de bambini) et des urnes y fut, dans le même sens, pour grand-chose.

*

1er au 12 juillet 1941.

A quelle heure — très matinale — le grand coup de gong a-t-il été donné?

Dont toute l'atmosphère vibre encore (sans déjà qu'aucun son ne se fasse plus entendre) et vibrera toute la journée?

Le soleil trône — sur lequel il est impossible de maintenir le regard — et ses tambourinaires l'entourent, les bras levés au-dessus de leurs têtes.

Mais non! Tout cela est effacé par l'ardeur même. L'on jurerait — de mémoire — qu'il n'y avait que le ciel bleu, plus vide assurément que le ciel nocturne.

Quelle autorité, quel poing irrésistible s'est abattu sur la tôle nocturne pour éveiller les vibrations du jour, qui durera jusqu'à ce qu'elles se rassoupissent?

Notes après coup sur un ciel de Provence.

Quel poulpe reculant dans le ciel de Provence a provoqué ce tragique encrage de la situation? Mais non! Il s'agit d'un gaz lourd et non d'un liquide. Quelque chose comme le résultat de l'explosion en vase clos d'un million de pétales de violettes bleues.

Il y a comme des cendres éparses dans l'azur, et aussi une odeur comparable à celle de la poudre.

C'est comme si le jour était voilé par l'excès même de son éclat. Ce jour vaut nuit ce jour bleu cendres-là. Il tient son ombre estompée dans son éclat. Il tient son ombre dans les griffes de son éclat.

Un coup de poing irrésistible a été donné sur la tôle de la nuit, jusqu'à ce qu'elle *vibre* au blanc. De très bonne heure ce matin. Et les vibrations vont s'amplifiant jusqu'à midi.

Sauf ces vibrations il règne une immobilité, une stupéfaction pareille à celle qui suit les coups de feu, les actes irréparables, les crimes. — Voilà comment je rejoins les expressions habituelles sur la malédiction de l'azur : « Je suis hanté! L'azur, l'azur, l'azur! » Que s'est-il passé? Pourquoi cette autorité terrible des ciels sur ce paysage si simple, ce paysage notarié, ce paysage de droit romain?

Pourquoi cette sévérité, cette punition par l'intensité de la lumière, infligeant ombre nette au moindre débris, aux moindres « roses » de la poussière?

Pourquoi cet étouffement, cette brutalité, ces valeurs foncées? N'est-ce que la rançon du beau temps?

Toutes les bêtes sous les sunlights sont rentrées dans leur trou. Les pierres et les végétaux seuls supportent, restent en proie à la terrible lumière.

Et soudain à quelques statues se révèle la préoccupation de l'homme. Il expose ces statues au soleil, il les lui présente, les lui offre, en un sens aussi il les lui oppose. Il vient de les poser devant lui, en artisan, comme sur la plaque d'un four le boulanger offre, présente son pain au feu...

De tels météores ne sont pas parmi les plus faciles à décrire.

Chaque chose est comme au bord d'un précipice. Elle est au bord d'une ombre, si nette et si noire qu'elle semble creuser le sol. Chaque chose est au bord de *son* précipice — comme une bille au bord de son trou.

Notes après coup sur un ciel de Provence.

12 juillet 1941.

La plus fluide des encres à style est-elle vraiment la bleue noire? Azur à mine de plomb : quel poulpe reculant au fond du ciel de Provence a provoqué ce tragique encrage de la situation?

Ou s'agit-il goutte à goutte d'une infusion du poison qui commence comme ciel, et qui finit comme azure?

Il s'agit d'une congestion. (Tant d'azur s'est amassé.)

Les maisons, les tuiles serrées, laissent closes leurs paupières. Les arbres ont mal à la tête : ils évitent de bouger la plus petite feuille. Non! Il s'agit de l'explosion en vase clos d'un milliard de pétales de violettes bleues.

Roanne, 13 juillet 1941.

Au lieu dit « La Mounine » entre Marseille et Aix un matin d'avril vers huit heures par la vitre de l'autocar le ciel quoique limpide au-dessus des jardins m'apparut tout mélangé d'ombre.

Quel poulpe reculant hors du ciel de Provence avait-il provoqué ce tragique encrage de la situation?

Ou n'était-ce plutôt quelque chose comme le résultat de l'explosion en vase clos d'un milliard de pétales de violettes bleues?

Il y avait comme une dissémination de cendres dans l'azur, et je ne suis pas sûr que l'odeur n'en fût pas comparable à celle de la poudre.

L'on éprouvait comme une congestion de l'azur. Les maisons les tempes serrées tenaient closes leurs paupières. Les arbres avaient l'air atteints de maux de tête : ils évitaient de bouger la moindre feuille.

C'était comme si le jour était voilé par l'excès même de son éclat. Ce jour vaut nuit, pensais-je, ce jour bleu de cendres-là. Il tient son ombre dans les griffes de son éclat. Son ombre à son éclat tient toute estompée.

D'où vient cette autorité terrible des ciels? Quel coup de poing a été donné sur la tôle de la nuit pour la faire vibrer ainsi, devenir si radieuse, de vibrations qui s'amplifieront jusqu'à midi?

Et comment se fait-il que règne une telle immobilité, semblable à l'attente qui succède si curieusement aux actes décisifs, aux coups de feu, aux viols, aux meurtres?

Pourquoi cette sévérité sur ce paysage si généralement quelconque, ce paysage notarié, ce paysage de droit romain?

Pourquoi cet accablement pathétique? Est-ce la rançon du beau jour? Un beau jour est aussi un météore, le moins facile à décrire sans doute...

Roanne, 14 juillet 1941.

Au lieu dit « La Mounine » auprès d'Aix-en-Provence un petit matin de printemps le ciel pourtant limpide au travers des feuillages m'apparut tout mélangé d'ombre.

Je ne crois pas que la nuit rancunière, pour venger son recul d'au-dessus ces régions, ait vidé de son encre à style la bleue noire son gros cœur de poulpe à notre détriment.

Je ne crois pas la nuit poulpe si rancunier pour son recul derrière l'horizon avoir voulu d'encre à style bleue noire vider son cœur à cette occasion.

Je ne crois pas la nuit si rancunière
D'avoir voulu poulpe à cette occasion
Vider son cœur d'un flot d'encre bleue
noire.
Je ne crois pas la nuit si rancunière
que reculant derrière l'horizon
elle ait voulu vider d'encre à style bleue
noire
son cœur de poulpe à cette occasion.

Note (motion) d'ordre
à propos du ciel de Provence.

19 juillet 1941.

Il s'agit de bien *décrire* ce ciel tel qu'il m'apparut et m'impressionna si profondément.

De cette description, ou à la suite d'elle, surgira en termes simples l'*explication* de ma profonde émotion.

Si j'ai été si touché, c'est qu'il s'agissait sans doute de la révélation sous cette forme d'une loi esthétique et morale importante.

A l'intensité de mon émotion, à la ténacité de mon effort pour en rendre compte et aux scrupules qui m'interdisent d'en bâcler la description, je juge de l'intérêt de cette loi.

J'ai à dégager cette loi, cette *leçon* (La Fontaine eût dit cette morale). Ce peut être aussi bien une loi scientifique, un théorème.

... Donc, à l'origine, un sanglot, une émotion sans cause apparente (le sentiment du *beau* ne suffit pas à l'expliquer. Pourquoi ce sentiment? *Beau* est un mot qui en remplace un autre).

Il s'agit d'éclaircir cela, d'y mettre la lumière, de dégager les raisons (de mon émotion) et la loi (de ce paysage), de faire *servir* ce paysage à quelque chose d'autre qu'au sanglot esthétique, de le faire devenir un outil moral, logique, de faire, à son propos, faire un pas à l'esprit.

Toute ma position philosophique et poétique est dans ce problème.

A noter que j'éprouve les plus grosses difficultés du fait du nombre énorme d'images qui viennent se mettre à ma disposition (et masquer, mettre des masques, à la réalité), du fait de l'originalité de mon point de vue (étrangeté vaudrait mieux) — de mes scrupules excessifs (protestants) — de mon ambition démesurée, etc.

Bien insister que tout le secret de la victoire est dans l'exactitude scrupuleuse de la description : « J'ai été impressionné par *ceci* et *cela* » : il ne faut pas en démordre, ne rien arranger, agir vraiment scientifiquement.

Il s'agit une fois de plus de cueillir (à l'arbre de science) le fruit défendu, n'en déplaise aux puissances d'ombre qui nous dominent, à M. Dieu en particulier.

Il s'agit de militer activement (modestement mais efficacement) pour les « lumières » et contre l'obscurantisme — cet obscurantisme qui risque à nouveau de nous submerger au XXe siècle du fait du retour à la barbarie voulu par la bourgeoisie comme le seul moyen de sauver ses privilèges.

*

(On peut, pour saisir la qualité d'une chose, si l'on ne peut l'appréhender d'emblée, la faire apparaître par comparaison, par éliminations successives : « Ce n'est pas ceci, ce n'est pas cela, etc. » — question métatechnique, ou technique simplement.)

19 juillet 1941.

Lorsque G. A. à propos du *Carnet du Bois de Pins* m'écrivait récemment : « L'aboutissement de tes efforts risque trop d'être une perfection quasi scientifique qui, à force d'avoir été purifiée, tend à l'assemblage de matériaux interchangeables. Chaque chose en soi, rigoureusement spécifique et aboutie, est excellente. Le total devient une marqueterie », il était au fond du débat. Oui, je me veux moins poète que « savant ». — Je désire moins aboutir à un poème qu'à une formule, qu'à un éclaircissement d'impressions. S'il est possible de fonder une science dont la matière serait les impressions esthétiques, je veux être l'homme de cette science.

« S'allonger par terre, écrivais-je il y a quinze ans, et tout reprendre du début. » — Ni un traité scientifique, ni l'encyclopédie, ni Littré : quelque chose de plus et de moins... et le moyen d'éviter la marqueterie sera de ne pas publier seulement la formule à laquelle on a pu croire avoir abouti, mais de publier l'histoire complète de sa recherche, le journal de son exploration...

Et plus loin Audisio me disait encore : « Je crois que l'artiste ne peut pas prétendre à mieux que d'éterniser le moment conjoint de la chose et de lui. » Voyons, cher Audisio, lorsque à propos d'un lion dans les rets et d'un rat qui l'en délivre, La Fontaine parvient à ceci :

Une maille rongée emporta tout
  l'ouvrage.

. . . .

Patience et longueur de temps
Font mieux que force ni que rage

où est en cela La Fontaine, où est le moment conjoint du lion ou du rat avec lui? N'y a-t-il pas là plutôt une perfection quasi scientifique, une naissance de formule? Il y a la vérité d'un acte du lion : force et rage empêtrées, et d'un acte du rat : une maille rongée... On a souvent besoin d'un plus petit que soi. — C'est à de pareils proverbes que j'aimerais aboutir. Ma chimère serait plutôt de n'avoir pas d'autre sujet que le lion lui-même. Comme si La Fontaine au lieu de faire successivement : *Le Lion et le Rat*, *Le Lion vieilli*, *Les Animaux malades de la Peste*, etc., n'avait fait qu'une fable sur *Le Lion*. Ç'aurait été bien plus difficile. Une fable qui donnât la qualité du lion. Ainsi Théophraste et ses *Caractères*.

*

Trois lectures importantes depuis quelques jours m'ont paru répondre d'une façon étonnante à mes préoccupations : *a*) *L'Obscurantisme du XX*e *siècle*, article anonyme d'une revue sous le manteau — à propos du discours de Rosenberg au Palais-Bourbon; *b*) *La Leçon de Ribérac* par Aragon dans *Fontaine*, n° 14; *c*) *Vigilantes narrare somnia* de Caillois dans les *Cahiers du Sud*, numéro de juin 1941.

Le premier texte, tout à fait convaincant, me confirme dans ma volonté de lutter pour les lumières, m'assure de l'urgence de ma mission (?), et m'oblige à repenser le problème du rapport entre mes positions esthétique et politique. Le second m'apporte aussi plusieurs confirmations : le langage fermé préparant l'acquiescement vulgaire (ce n'est pas tout à fait cela). Le troisième, assez faux dans son éloquence, assez conventionnel malgré sa prétention, me montre avec quels scrupules et en même temps avec quelles audaces constamment réacidifiées il faudrait toucher à cette sorte de problèmes. Et lorsque (quatrième texte important, cinquième en comptant celui d'Audisio) Pia m'écrit : « le café, le marc, le filtre, l'eau qui bout, etc. » je vois bien que : OUI, il est intéressant de montrer le processus de « ma pensée ». Mais cela ne veut pas dire qu'il faille sous ce prétexte me lâcher, car cela irait à l'encontre de mon propos. — Mais il est très légitime au savant de décrire sa découverte par le menu, de raconter ses expériences, etc.

*

Roanne, 19 au 28 juillet.

(Il est temps d'y revenir!)

Au lieu dit « La Mounine » auprès d'Aix-en-Provence
Un matin d'avril vers huit heures
Le ciel pourtant limpide au travers des feuillages
M'apparut tout mélangé d'ombre

Un beau jour est aussi un météore, pensai-je, et je n'eus de cesse que j'eusse inventé quelque expression pour le fixer :

Je crus d'abord (ce n'était point) que la nuit rancunière
Pour venger son recul d'au-dessus ces régions
Avait voulu vider d'encre à style bleue noire

Son cœur de poulpe à cette occasion.
Ou peut-être me dis-je (ce n'était point) infusé goutte à goutte
S'agit-il du poison dont le nom qu'on redoute
Étrangement proche de sa couleur
Commence comme ciel et finit comme azure

*

Si je dis « voilée par son éclat même » je ne serai pas beaucoup plus avancé.

Peut-être le ciel n'est-il si noir qu'en comparaison avec les choses : arbres, maisons, etc., lesquelles sont tellement éclairées, des magasins de clarté!

Comme lorsqu'on sort d'une salle brillante, dehors il fait noir...

...

Comparaison avec les ciels du Nord.

25 juillet 1941, 1 h 30 du matin.

Un pas nouveau.

Comme un buvard, une serpillière imprégnés d'eau sont plus foncés (pourquoi? est-ce que la science optique donne la réponse?) que secs (secs, ils sont 1° plus cassants, 2° plus pâles), ainsi le ciel bleu est-il un buvard imprégné de la nuit interstellaire.

Plus ou moins imprégné, il est plus ou moins foncé : à Aix-en-Provence il est très imprégné (parce qu'il n'y a pas grand-chose entre les espaces interstellaires et lui).

Dans le Midi il y a beaucoup de soleil, c'est entendu, mais il y a beaucoup aussi la (concomitante) nuit interstellaire.

Ils luttent l'un contre l'autre (au sens où Verlaine dit : « les hauts talons luttaient avec les longues jupes »).

L'on peut dire que dans le Midi le soleil triomphe moins que dans le Nord : certes il triomphe davantage des nuages, brouillards, etc., mais il triomphe moins de son adversaire principal : la nuit interstellaire.

Pourquoi? parce qu'il sèche la vapeur d'eau, laquelle constituait dans l'atmosphère le meilleur paravent de triomphe pour lui. Écran dont le défaut va se faire sentir : il en résulte une plus grande transparence et faculté d'imprégnation par l'éther intersidéral.

C'est la nuit intersidérale que, les beaux jours, l'on voit par transparence, et qui rend si foncé l'azur des cieux méridionaux.

Expliquer cela par analogie avec le milieu marin (ou plutôt aquatique).

29 juillet au 5 août.

Au lieu dit « La Mounine » auprès d'Aix-en-Provence
Un matin d'avril vers huit heures
Le ciel pourtant limpide au travers des feuillages
M'apparut tout mélangé d'ombre

Je formai tout d'abord que la nuit rancunière...

*

La Mounine.

a) La strophe I
b) puis :
Sur le moment je restai tout stupide
Un beau jour est aussi un météore, pensai-je,

Aucune expression ne me vint à l'esprit
Je subissais l'effet de ce météore
Comme un accablement, comme une damnation
J'éprouvais le sentiment du tragique
De l'implacabilité.
En même temps — sans doute par esprit conventionnel —
je trouvais cela beau.
Accablé par l'intensité du phénomène
Chaque fois que je relevais les yeux
je constatais à nouveau cette ombre mélangée au jour
ce blâme

c) puis :
c'est à ce moment que les statues apparurent et que je fus saisi d'un sanglot,
l'élément humain introduit par les statues
me semblant d'un caractère déchirant.

d) Je restai accablé puis fus distrait par d'autres impressions : l'arrivée à Aix, les événements qui suivirent, etc.

e) Mais je devais évidemment me souvenir de mon émotion. Voilà bien le sujet de poème, ce qui me pousse à écrire : soit le désir de reformer le tableau pour en conserver à jamais la jouissance présomptive, soit le désir de comprendre la cause de mon émotion, de l'analyser.

f) M'étant mis au travail j'éprouvai de grandes difficultés et formai plusieurs images cohérentes : celle du poulpe, celle du cyanure, celle de l'explosion de pétale,

g) sachant bien qu'il fallait que je les dépasse, m'en débarrasse pour parvenir à l'explication vraie (?), celle de la clairière donnant sur la nuit intersidérale.

*

L'abîme supérieur (zénithal). Le soleil est fait pour nous aveugler, il transforme le ciel en un verre dépoli à travers quoi l'on ne voit plus la réalité : celle qui apparaît de nuit, celle de la « considération ».

Mais dans certaines régions la transparence, la tranquillité (sérénité) de l'atmosphère est telle que la présence de cet abîme est sensible même en plein jour. C'est le cas de la Provence. Le ciel au-dessus de la Provence présente constamment une clairière, comme une fenêtre de vitre claire dans un plafonnier dépoli.

Certes le soleil empêche qu'on voie les étoiles en plein jour, mais l'on devine la nuit intersidérale, qui fonce le ciel, qui lui donne cette apparence plombée.

Si l'on aime tant venir dans la région méditerranéenne c'est à cause de cela, pour jouir de la nuit en plein jour et sous le soleil, pour jouir de ce mariage du jour et de la nuit, de cette présence constante de l'infini intersidéral qui donne sa gravité à l'existence humaine. Alliance plutôt que mariage. Ici point d'illusions comme dans le Nord, point de distraction par la fantasmagorie des nuages. Ici tout se passe sous le regard de l'éternité temporelle et de l'infini spatial.

Tout prend donc son caractère éternel, sa gravité.

Des événements comme un ciel nuageux, un orage, une tempête, me semblent d'un ordre sordide : ce sont là travaux d'office, lessive terrestre. J'aime les régions où cette fastidieuse hydrothérapie a lieu le moins souvent possible, se produit brièvement.

L'orage, comme douche, le soleil ensuite comme séchoir, vraiment cher Beethoven cela valait-il la peine d'en faire des représentations grandioses? Voir plutôt l'orage de Léonard de Vinci, où l'importance d'un tel météore est bien remise à sa place.

*

C'est dans le sens de ce qui précède que devrait être continué et achevé le poème dont *le début* serait à peu près comme ci-après :

La Mounine.

Au lieu dit « La Mounine » auprès
d'Aix-en-Provence
Un matin d'avril vers huit heures

Le ciel pourtant limpide à travers les feuillages
M'apparut tout mélangé d'ombre.

L'on eût dit que la nuit rancunière
Pour venger son recul d'au-dessus ces régions
Avait voulu vider d'encre à style bleue. noire
Son cœur de poulpe à cette occasion

Ou peut-être me dis-je infusé goutte à goutte
S'agit-il du poison dont le nom qu'on redoute
Étrangement proche de sa couleur
Commence comme ciel et finit comme azure

Mais non! L'atmosphère était telle
Que je ne puis avec quelque raison
M'espérer voir fournir par l'élément liquide
Un terme de comparaison

Il s'agit d'un gaz lourd ou d'une congestion
Ou bien du résultat comme de l'explosion

En vase clos d'un milliard ou d'un seul
Pétale de violettes bleues...

Etc. . . . .

Mais il importe à présent de laisser reposer notre esprit, qu'il oublie cela, s'occupe d'autres choses, et cependant se nourrisse longuement, à petites bouchées — dans l'épaisseur muqueuse, dans la pulpe — de cette vérité dont nous venons à peine d'entailler l'écorce.

Un jour, dans quelques mois ou quelques années, cette vérité aux profondeurs de notre esprit étant devenue habituelle, évidente — peut-être, à l'occasion de la relecture des pages malhabiles et efforcées qui précèdent ou bien à l'occasion d'une nouvelle contemplation d'un ciel de Provence — écrirai-je d'un trait simple et aisé ce *Poème après Coup sur un Ciel de Provence* que promettait le titre de ce cahier, mais que — passion trop vive, infirmité, scrupules — nous n'avons pu encore nous offrir.

Roanne, mai-août 1941.

LA VIE ET L'ŒUVRE DE FRANCIS PONGE

Francis Ponge naît le 27 mars 1899 à Montpellier. Son père y dirige l'agence du Comptoir National d'Escompte de Paris. Famille protestante nîmoise originaire des Cévennes. Enfance à Avignon. Instruit par des précepteurs puis au lycée Frédéric-Mistral. De 1909 à 1917, il habite Caen où il entre en sixième au lycée Malherbe. Été 1914 : en Thuringe, pour perfectionner son allemand. A Paris, Ponge suit de la gare de l'Est à la Concorde un défilé organisé par Barrès. 1915 : premiers poèmes. Au baccalauréat, sa dissertation obtient la meilleure note de l'Académie. 1916-1917 : hypokhâgne à Louis-le-Grand. Mars 1918 : reçu en première année de droit et admissible à la licence de philosophie ; recalé à l'oral. En avril : mobilisé à Falaise, dans l'infanterie. 1919 : admissible à l'entrée à Normale supérieure, abandonne l'oral. Il s'inscrit au parti socialiste. 1922 : premiers textes publiés dans *Le Mouton blanc*. Rencontre de Jacques Rivière et de Jean Paulhan. Ponge travaille chez Gallimard à la fabrication. 1923 : mort de son père. Parution des *Trois satires* dans la *N.R.F.* 1926 : publication presque inaperçue des *Douze petits écrits*. 1930 : participe quelques mois au mouvement surréaliste. Fiançailles avec Odette Chabanel. En 1931, il entre aux Messageries Hachette. 4 juillet : mariage. 16 janvier 1935 : naissance de sa fille Armande. 1937 : Ponge adhère au Parti communiste. 1939 :

rejoint le IIIe C.O.A. (Commis et Ouvriers d'Administration) à Rouen. Été 1942 : parution du *Parti pris des choses*. Automne : il entre dans la Résistance. 1943 : séjour à Coligny (Ain) et au Chambon (Cévennes) avec Camus. 1944 : travaille au journal communiste *Action*, qu'il quitte en 1946. L'année suivante, il ne renouvelle pas sa carte du Parti. Conférences à Paris et à Bruxelles : *La Tentative orale*. En 1948, paraissent *Proêmes* et *Le Peintre à l'étude*. Ponge collabore avec Dubuffet : *Matière et mémoire* ; avec Vulliamy : *La crevette* ; avec Kermadec : *Le Verre d'eau* ; avec Braque : *Cinq sapates*. 1950 : conférence à Florence et, en 1951, à Liège. 1952 : publication de *La Rage de l'expression*. Il entre à l'Alliance française. 1954 : mort de sa mère. 1955 : conférences à Gand sur Malherbe. En 1956 : hommage de la *N.R.F.* Conférences publiques à l'Alliance. 1958 : conférences à Sarrebruck, Strasbourg, Gand et Stuttgart. 1959 : Prix international de poésie à Capri et Légion d'honneur. L'année suivante, exposition à la Bibliothèque Jacques Doucet. A la Sorbonne, conférence de Sollers sur Ponge. 1961 : *Le Grand Recueil*. Conférences en Italie et Yougoslavie (« Pratique de la poésie »). 1965 : parution de *Pour un Malherbe* et de *Tome premier*. Conférences aux États-Unis. 1966 : Visiting Professor à Columbia University (New York). 1967 : publication de *Le Savon* et de *Nouveau Recueil*. 1970 : *Entretiens de Francis Ponge avec Philippe Sollers*. 1971 : *La Fabrique du Pré*. 1981 : Grand Prix national de poésie. 1984 : Grand Prix de poésie de l'Académie française. Francis Ponge meurt à Bar-sur-Loup le 6 août 1988.

BIBLIOGRAPHIE

1926 *Douze petits écrits* (Gallimard).

1942 *Le Parti pris des choses* (Gallimard).

1948 *Proêmes* (Gallimard).
Le Peintre à l'étude (Gallimard).

1950 *La Seine* (La Guilde du Livre, Lausanne).

1952 *La Rage de l'expression* (Mermod, Lausanne).

1961 *Le Grand Recueil* : I *Lyres* ; II *Méthodes* ; III *Pièces* (Gallimard).

1965 *Pour un Malherbe* (Gallimard).
Tome Premier (Douze petits écrits, Le Parti pris des choses, Proêmes, La Rage de l'expression, Le Peintre à l'étude, La Seine) (Gallimard).
1967 *Le Savon* (Gallimard).
Nouveau Recueil (Gallimard).
1970 *Entretiens Ponge/Sollers* (Gallimard/Le Seuil).
1971 *La Fabrique du Pré* (Skira, Genève).
1976 *Abrégé de l'aventure organique* (Derieux).
1977 *L'Atelier contemporain* (Gallimard).
Comment une Figue de paroles et pourquoi (Flammarion).
1983 *Nioque de l'avant-printemps* (Gallimard).
Petite suite vivaraise (Fata Morgana).
1984 *Pratiques d'écriture, ou l'inachèvement perpétuel*, illustrations de François Rouan (Hermann).
1986 *Correspondance avec Jean Paulhan (1923-1968)* (Gallimard).
1991 *La Table* (Gallimard).
1999 *Œuvres complètes*, tome I, Bibliothèque de la Pléiade (Gallimard).
2002 *Œuvres complètes*, tome II, Bibliothèque de la Pléiade (Gallimard).
2005 *Pages d'atelier (1917-1982)*, « Les Cahiers de la NRF » (Gallimard).
2009 *Album amicorum*, « Les Cahiers de la NRF » (Gallimard).
2013 *Correspondance avec Albert Camus (1941-1957)* (Gallimard).

DU MÊME AUTEUR

dans la même collection

LYRES.

LE PARTI PRIS DES CHOSES, *précédé de* DOUZE PETITS ÉCRITS *et suivi de* PROÊMES.

PIÈCES.

Ce volume,
le cent seizième de la collection Poésie
a été achevé d'imprimer sur les presses
de l'imprimerie Novoprint,
le 14 avril 2023.
Dépôt légal : avril 2023

ISBN 978-2-07-302833-4 / Imprimé en Espagne

599760